पाषाण

सुभाष चंद्र जेतली

INDIA • SINGAPORE • MALAYSIA

ISBN
Paperback 979-8-89673-492-5
Hardcase 979-8-89699-440-4

प्राक्कथन

"पाषाण" के इस संग्रह में मैंने अरावली की प्राचीन पर्वतमाला के उन निस्तब्ध पत्थरों को स्वर देने का प्रयास किया है, जो युगों से अपनी जगह स्थिर खड़े हैं, धैर्यपूर्वक समय की अनगिनत घटनाओं को साक्षीभाव से देखते हुए। यह पुस्तक उन अदृश्य दृष्टियों और मौन कहानियों का दर्पण है, जिन्हें इन पर्वतों ने सहर्ष अपने भीतर समाहित कर लिया है।

हर चट्टान के भीतर न जाने कितनी कहानियाँ दबी पड़ी हैं। इन पत्थरों ने न जाने कितने समय चक्र देखे हैं, कितने जीवनों का उदय और पतन देखा है। फिर भी, उनकी स्थिरता में एक अद्भुत संकल्प है–वे कुछ देख नहीं सकते, बोल नहीं सकते, सुन नहीं सकते, फिर भी वे जीवन की हर अनुभूति को अपनी शांति में समाहित कर लेते हैं।

इस पुस्तक में अरावली की उन चट्टानों के अनुभवों को संजोने का प्रयास किया गया है, जो प्रकृति के विभिन्न परिदृश्यों को मूक दर्शक की भांति आत्मसात करती रहती हैं। उनकी यह जड़ता, जो पहली दृष्टि में हमें निस्सार प्रतीत होती है, वास्तव में जीवन के गहरे रहस्यों को छिपाए हुए है। पत्थरों की इस मौन अनुभूति को मैंने शब्दों के माध्यम से अभिव्यक्त

करने का प्रयत्न किया है। हर कविता, हर दृश्य उन चट्टानों की जुबानी है, जो हमें अपनी मौन शक्ति से परिचित कराती हैं।

"हम देख नहीं सकते, हम सुन नहीं सकते, हम बोल नहीं सकते"–इन शब्दों की पुनरावृत्ति हर उस पल की गूंज है, जो समय की धारा में खो जाता है, फिर भी कभी न मिटने वाली छाप छोड़ जाता है। पाषाण न सिर्फ एक प्राकृतिक संरचना है, बल्कि मानव जीवन की सीमाओं और संभावनाओं का प्रतीक भी है।

आशा है कि इस पुस्तक के पृष्ठों में आप अरावली की इन अचल चट्टानों के मौन को सुन सकेंगे, और उनकी शांति में छिपी जीवन की सच्चाइयों को समझ पाएंगे।

– सुभाष चंद्र जेतली

अस्वीकरण

यह पुस्तक "पाषाण" कविताओं और कल्पना पर आधारित है। इसमें व्यक्त विचार और भावनाएँ लेखक की कल्पना का परिणाम हैं। इनका किसी वास्तविक स्थान, व्यक्ति, या घटना से कोई प्रत्यक्ष या अप्रत्यक्ष संबंध नहीं है। यदि कोई समानता प्रतीत होती है, तो वह मात्र संयोग है।

यह रचना केवल साहित्यिक और सांस्कृतिक उद्देश्य से लिखी गई है। इसका उद्देश्य किसी भी धर्म, समुदाय, व्यक्ति, या समूह की भावनाओं को आहत करना नहीं है। पाठकों से अनुरोध है कि इसे साहित्यिक कृति के रूप में स्वीकार करें।

– सुभाष चंद्र जेतली

आभार

यह पुस्तक मैं अपनी माँ को समर्पित करता हूँ, जिन्होंने मुझे भाषाओं का ज्ञान दिया और मेरी सोच को आकार दिया।

हर सफल व्यक्ति के पीछे एक नारी का हाथ होता है, और मेरे लिए वह मेरी पत्नी रजनी हैं, जिन्होंने न केवल मेरी कविताओं के प्रूफ पढ़े, बल्कि हर कदम पर मेरा साथ दिया।

इस पुस्तक को प्रकाशित करवाने का श्रेय मेरी बेटी प्रचेता को जाता है, जिसने इसके प्रकाशन की पूरी जिम्मेदारी संभाली।

अंत में, मेरी बड़ी बेटी पुनीता, छोटी बेटी चेष्टा, और बेटे केयूर का उल्लेख करना जरूरी है–इनके सहयोग और समर्थन के बिना यह पुस्तक संभव नहीं हो पाती।

पाषाण---- वसंत विहार की अरावली श्रृंखला के अवशेषों पर

हम पाषाण
इस अत्याधुनिक शहरी
आबादी में फँसी रह गई
अरावली श्रृंखला के छोर पर
शताब्दियों से सर उठाये पड़े हैं
हम पाषाण हैं इसलिए
न हम देख सकते हैं,
न सुन सकते हैं,
न ही बोल सकते हैं
परन्तु महसूस हम भी करते हैं
हमारे आस-पास घनी
आबादियां बस चुकी हैं और
जहाँ लोग आबाद हो जाते हैं
वहाँ कुछ न कुछ घटता रहा है
और इसीलिए हम
अपने ऊपर व आस-पास घटने वाली

हर छोटी-बड़ी घटनाओं के साथ
भावानात्मक रूप से जुड़ जाते हैं।
लोगों की खुशियों में हम खुश और
गमों में दुखी हो जाते हैं और
जहाँ कहीं कोई झगड़ा
या समस्या सामने आती है।
हम उसके शांति एवं न्यायपूर्ण
समाधान की अपेक्षा करते हैं और
साथ ही इस संबंध में
अपना दर्शन झाड़े बिना नहीं रह सकते।

हमारे सान्निध्य में जन्मी-पली
सभ्यताएं पहले जैसी नहीं रही
आज वह उन्नत होकर पूर्णतय बदल चुकी है।
बदलाव हम पाषाण भी झेलते रहे हैं।
कभी हम समुद्र में डूबे रहे,
कभी वर्षा वनों से घिरे रहे व
कभी किसी तो कभी किसी नाम की
पर्वत श्रृंखला का हिस्सा बने रहे।

आज भी हमें अरावली पर्वत श्रृंखला का
एक हिस्सा माना जाता है।
भारी भरकम आकार और

ऊबड़-खाबड़ ऊँचाई लिए आज हम
किसी विछिन्न हुई पर्वतमाला का
कटा हुआ छोर मात्र रह गये हैं।
हमारा अग्र भाग
समृद्ध शहरी आबादी की गर्तों में
डूब कर रह गया तथा
आज उसके ऊपर विशाल भवन,
आधुनिक बाज़ार व
सरकारी परिसर बन गये और
हमारा पिछला छोर
बड़े-बड़े मॉल्स की लपेट में आ चुका है।
बीच में बचे हम किसी को भी
काम के नजर नहीं आये।
इस भौतिकवादी युग में किसी भी
भवन निर्माता कि दृष्टि
हम पर नहीं टिकी इसीलिए हम
यहाँ बंजर के बंजर पड़े हैं।

कभी हम भी समृद्ध हुआ करते थे।
कभी हम पर घनी हरियाली थी।
वन संपदा से हम मालामाल थे।
और हम पर विशालकाय पशु
एवं सरीसृप घूमा करते थे।

किंतु आज वह बात नहीं है।
आज हम एकाकी, असहाय
और नग्न सा जीवन
व्यतीत करने को बाध्य हैं

लाखों बरसों से हमारे इर्द-गिर्द रहती रही
कई सभ्यताओं ने होश संभाला है
हम उनके उत्थान और पतन के
प्रत्यक्षदर्शी रहे हैं
उनसे हमारा गहरा संबंध रहा है।
हमारी शरण में रहते हुए
हमारे शिलाखंडों को तोड़-तोड़ कर
उन्होंने छोटे बडे कई शस्त्र बनाये,
हमें उखाड़-उखाड़ कर,
खोद-खोद कर कंदराएं बनाई व
हमारे आस-पास कि वनस्पतियों
व पशुओं से अपना पेट पाला
और फिर धीरे-धीरे उन्नत होकर
वे हमें छोड़ कर चलती बनीं।
क्योंकि हम पाषाण हैं
न हम देख सकते हैं,
न सुन सकते हैं,
न ही बोल सकते हैं

इसलिए हम वीरान ही पड़े रह गए।
मनुष्य ने फिर भी
हमारा दोहन नहीं छोड़ा।
उसने हमारे शिला खण्डों को तराशा
और उनसे बड़े बड़े दुर्ग, महल, भवन
व प्रासाद बनाये।
निरंतर उन्नति की ओर अग्रसर
मनुष्य ने जब इंटें बनाना भी
सीख लिया तो
धीरे धीरे उनके लिए हम
एक बेकार सी वस्तु हो गए।
उसने हमसे काफी दूरी रख कर
बस्तियां बसा ली।
फिर बस्तियां कस्बों में व
कसबे शहर में बदल गए।
फिर शहर ने ऐसे पांव पसारे
कि हमारे ऊपर से निकल गया
किन्तु मनुष्य ने हम में
कोई रूचि नहीं दिखाई (और हम पाषाण)
वहीँ के वहीँ पड़े रहे।

आज हामारे आस पास
कई बस्तियां बस चुकी हैं

जिनमें राजा से लेकर रंक तक
कई तरह के लोग रहते हैं।
आज के समाज में
शुरू के लोगों जैसे सीधे-साधे और
भोले-भाले लोग नहीं हैं
आज समय ने
इनकी मानसिकता को बुरी तरह
प्रभावित कर बदल के रख दिया है
इनमें शरीफों के साथ साथ
निकम्मे, चालबाज़, बेईमान,
झूठे, फरेबी, मक्कार और
गुंडे किस्म के लोग शामिल हैं।
किन्तु इन्ही के बीच इनसे बहुत
बड़ी संख्या में
ईश्वर का भय खाने वाले
सत्यवक्ता, दयावान, इमानदार, व
दानी लोग भी रहते हैं
जिनपर शायद यह समाज
टिका हुआ है।
बेशक समय के साथ
यह संतुलन डगमगा जाए।
पर कहते हैं न कि
डूबते को तिनके का सहारा ही
काफी होता है।

सदियों से चली आ रही
हमारे इर्द-गिर्द की ढलानों
व उनपर उगी वनस्पतियों की छटा
ऋतुओं के साथ बदलती रहती है
आते-जाते मौसमों के कारण
कभी भीषण गर्मी
तो कभी मूसलाधार वर्षा
हमें प्रभावित करते रहते हैं।
आस-पास के लोग
विभिन्न ऋतुओं का आनंद उठाने
हमारे पास आते रहते हैं।
इन्हीं लोगों में
जीवट वाले बूढों का
एक दल भी शामिल है
जो प्रायः यहां आता रहता है।
गत कई वर्षों से आ रहे इस दल में
50-55 की आयु में ही
अपने को बूढ़ा समझने वालों से लेकर
80 की दशक में भी
हमारे ऊपर तक चढ़ आने का
दम-ख़म रखने वाले बूढ़े भी शामिल हैं।
सच पूछा जाए तो
यहाँ आने वाले हर वय के लोगों में से

हमें यही सबसे अधिक भाते हैं।
शायद इसलिए कि वह भी
हमारी तरह बूढ़े हैं
किन्तु उनकी और हमारी आयु में
भारी अंतर है।
अपनी आयु के हिसाब से तो
हम उन्हें बच्चे ही कह सकते हैं।
और बूढ़ा व्यक्ति भी तो
वास्तव में बच्चा ही बन जाता है।
हम उनके इसी बूढ़े बचपन का आनंद
लेते रहते हैं।
यहाँ आ कर वह स्वयं को
बहुत स्वछन्द पाते हैं।
एक दूसरे से हंसी-ठ्ठा व मजाख
उनकी दिनचर्या का हिस्सा बन चुका है
जीवन की हर अवस्था का
अनुभव रखने वाले यह लोग
यहाँ आकर हर तरह की चर्चा कर जाते है
जिससे हमें भी समाज की
अद्यतन जानकारी मिलती रहती है।

कुछ लोग तपती दोपहरी में
हमारी ढलानों पर उगे

झाड़ झंखाड़ो की आड़ में
छाया पाकर सुस्ता जाते हैं
तो कुछ मूसलाधार वर्षा में
हमारी भीगी काया
और हमारी ढलानों पर बहने वाले
बरसाती पानी के झरनों का
आनंद लेने चले आते हैं।
जाड़ों की अल्पायु धूप में ऊष्ण हो चुकी
हमरी हमारी सतह पर झपकी लेने भी
बहुत से लोग आ जाते हैं।
ऋतु संधी के कारण
किन्तु वासंती ऋतु सर्वप्रिय होती है।
शिशिर और ग्रीष्म की
तीव्रता समान होने के कारण
शिशिर में जब हमारे ऊपर पनपी
वनस्पतियों में फूल आ जाते हैं
तो यहाँ तरह तरह की तितलियाँ,
मधुमखियाँ, भंवरे व कीट पतंग
एक सुस्त सी मस्ती भरी सुगंध से
खिंचे चले आते हैं
और हम पर मंडराने लगते हैं।
ऐसे वातावरण में प्रेमी युगल भी
हम पर आ बैठते हैं।

सच–हम जैसे पाषाणों के लिए,
जो न देख सकते हैं,
न सुन सकते हैं,
न ही बोल सकते हैं
केवल प्रकृति
और उसके द्वारा रची गई
सृष्टि ही सहारा हैं।
वही हमारी आँखें,
हमारे नाक, कान और हमारी जुबान है।
प्रकृति अपने ही ढंग से
हमें हर बात का ज्ञान दे देती है
किन्तु हमसे उसके संवदि को
कोई मर्मज्ञ ही जान सकता है।
और हमें एक अर्से से
किसी ऐसे मर्मज्ञ की प्रतीक्षा थी
जो हमारा मर्म जाने तथा
हमारी कसमसाहट,
हमारे भाव, हमारी व्यथा, हमारा रुदन,
हमारे दुःख, हमारे गम, व हमारा उल्हास
लोगों तक पहुंचाए।
हमें ऐसा आभास हो रहा है कि
हमारे मर्म को जानने वाला कोई रचनाधर्मी
आज हमारे निकट ही है

और वह भी हमारी तरह अंतर्मुखी है।
वह हमें तथा हमसे जुड़ी वस्तुओं
और हम पर आने वाले
आगंतुकों को निहारता रहता है।
हमें इस बात की बहुत ख़ुशी है
कि वह प्रकृति और
उसके प्रति हमारे द्‌वारा
व्यक्त किये गए हमारे भावों को
लोगों तक पहुंचाएगा।

वासंती ऋतु चल रही है,
जो कि सृष्टि रचना का समय है
पतझढ़ में ठूंठ हुए पेड़ों व
झाड़ झंखाड़ों पर नयी कोंपलें
निकल आई हैं,
अमराइयां बौरा गई हैं।
नीम, पंचपर्ण तथा युक्लिप्टस के
पेड़ों द्‌वारा छोड़ी गई सुगंध,
जो की मदमस्त मौसम का
एहसास करवा रही है
यायावर अतिथि कोयल को
हजारों कोस दूर से यहाँ खींच लाई है।
दूर-दूर तक गूँज रहे उसके मृदु गान से

ऐसा लगता है जैसे वह
सुदूर विचर रहे अपने साथी को
अपने एकाकीपन की व्यथा सुनाकर
अपने पास बुला रही है।
बहार की सुगंध से
मौसम भी इतरा रहा है।
जाड़ों के दौरान अपनी खोहों में
लम्बी तान कर सोये हुए सरीसृप
व कीट पतंग बाहर निकल आये हैं।
और नव जीवन का राग अलापने
लगे हैं
समस्त जीव जगत
अपनी-अपनी गृहस्थी बसाने के लिए
प्रयास रत है।
विभिन्न नर पक्षी चोंच में तिनका लिए
नीड़ का निर्माण करते हुए
कुछ मीठा गा कर, कुछ नृत्य व
भाव भंगिमाओं से, कुछ चोंच में
खाने का सामान लिए
दीन दुनियां से अनजान
अपनी मादाओं को रिझाने और
आकर्षित करने में लगे हैं।
मादाओं के लिए झगड़े आम बात है।

झगड़े कई बार इतने बढ़ जाते हैं कि
मरने-मारने की स्थिति बन जाती है।
वैसे मादाओं के बड़े मिजाज़ हैं
लगता है वह अकड़ दिखा कर
अपनी शर्तें मनवाने पर तुली हैं।
यही वह रितुसंधी काल है
जब समस्त प्रकृति
उत्सव के मूड में होती है।
और मनुष्य भी तो
प्रकृति का ही एक हिस्सा है अतः
वह इससे कैसे कटा रह सकता है।
इस रितुसंधी का उन्माद
मनुष्यों पर भी छाया है।
स्कूलों/कालजों से भागे
कुछ अलमस्त किशोर-किशोरियां भी
इधर आ निकलते हैं और
घंटों हम पर घूमते रहते हैं।
कुछ यहाँ आकर
मौज-मस्ती भी कर जाते हैं।
आज एक मस्त सुबह है।
धूप में तेजी आ चुकी है किन्तु
वातावरण में अभी थोड़ी ठंडक है
हम शांत बैठे देख रहे हैं कि

सामने से आ रहा कोई बिगड़ा नवाब
लगता है किसी के घर की
इज्जत ही चुरा लाया है
घर की इस इज्जत से
खिलवाड़ करने के लिए शायद उसे
इससे बेहतर जगह नहीं मिली होगी
जैसे ही वह पास आये
हमने देखा वह विद्यार्थी लग रहे थे
ऊपर पहुँच कर वह दोनों
एक बड़े पाषाण की खोहनुमा छाया में
एक अखबार बिछा कर बैठ गये।
मौसम का ही प्रभाव था की
बैठते ही वह दोनों
एक-दूसरे से लिपट गए।
फिर उस लम्पट नें
किसी के घर की इज्जत से
क्या-क्या खिलवाड़ किये
बताने में शर्म महसूस होती है।

प्यार-मोहब्बत संसार का सार है
और हमें इससे कोई द्रोह नहीं है।
हमने तो बस यही जाना है
की यह कोई दिखावे की चीज नहीं।

किन्तु जमाना बदल चुका है
और यह हम भी जान गए हैं
की भावनात्मक व हार्दिक प्रेम
बीते समय की बातें हो चुकी हैं।
इसमें अपवाद हो सकता है
किन्तु हमने तो
यही महसूस किया है।
हाँ आज दैहिक आकर्षण
अपनी सीमायें लांघ चुका है।
शर्म या हया नाम की कोई चीज़
नज़र नहीं आती।
आज लोग पश्चिमी सभ्यता के
अन्धानुकरण में रत हैं।
कुछ तो पार्कों, सड़कों, बाज़ारों जैसे
सार्वजनिक स्थानों पर
प्यार का भोंडा प्रदर्शन करने
बैठ जाते हैं।
उन्हें सोचना चाहिए
की सार्वजानिक स्थानों पर
बड़ी मात्रा में ऐसे लोग
भी होते हैं
जिन्हें ऐसी गतिविधियाँ
अजीब लगती हैं।

वह मन इसके प्रति
विक्षुब्ध होते रहते हैं।
किन्तु सब चलता है क्योंकि
आज इसमें हस्तक्षेप करना
स्वतंत्रता के अधिकार का
हनन माना जाने लगा है
जो किसी को पसंद नहीं है।
देखा जाए तो इसमें
स्वतंत्रता के अधिकार जैसी
कोई बात नहीं है।
क्या प्यार-मोहब्बत
प्रदर्शित करने की चीज है?
क्या ऐसी गतिविधियाँ
परदे में नहीं होनी चाहिए?
हम ऐसे कई मंजरों के प्रत्यक्षदर्शी रहे हैं।
यह सब देख कर हमें कष्ट होता है
परन्तु हम कुछ कर नहीं पाते
क्योंकि हम पाषाण हैं
न हम देख सकते हैं,
न सुन सकते हैं,
न ही बोल सकते हैं।
कई बार हमें
अपनी इस विवशता पर

आत्मग्लानि होती है
किन्तु हम यह सोच कर
स्वयं को सांत्वना देते हैं कि
हम तो वास्तव में पाषाण हैं
इसलिए विवश हैं।
परन्तु आज आँख कान और
जुबान रखने वाला
जीता जगता मनुष्य भी
पाषाण बन चुका है
आज वह दया, क्षमा एवं शीलता
के भाव से रहित बाह्यमुखी,
आत्मकेन्द्रित तथा स्वार्थी मात्र
रह गया है
जिसकी मानव सुलभ भावनाएं
मर चुकी हैं।
हम पाषाण होकर भी अपने भीतर
कोमलता, दया, आर्द्रता की भावनाएं और
इन्सानियत का मादा रखते हैं।
किन्तु आज का मनुष्य..उफ़
वह तो वास्तव में पाषाण बन चुका है।
आज वह क्या नहीं कर रहा।
प्रतिदिन क़त्ल, डकैती, बलात्कार और
लूट खसूट की ख़बरें मिलती रहती हैं।

आने वाला समय
और भी संकट से भरा हो सकता है
और उसपर विडंबना यह है कि
हमें न केवल आने वाला
बल्कि उसके बाद का, उसके भी बाद का,
और उसके भी बाद आने वाले
न जाने कितने समयों को झेलना होगा
आप अंदाजा लगा लीजिये
कि आज आम व्यक्ति स्वाथी हो तु
कि वह समय कितना भयावह होगा
आज की ही बात करें तो हम पायेंगे
कि किसी को मारा पीटा जा रहा हो
कोई कष्ट से तड़प रहा हो,
किसी की अस्मत लुट रही हो, या
किसी के साथ अन्याय हो रहा हो,
व्यक्ति को नज़र नहीं आता
सहायता के लिए किसी की पुकार
उसे सुनाई नहीं देती
किसी को दुःखी देख कर
सांत्वना के दो शब्द
उसके मुहं से नहीं निकलते।
उसे देखना अच्छा लगता है तो
केवल अपनी सुख सुविधाएँ

सुनना अच्छा लगता है तो
केवल अपनी प्रशंसा, बड़ाई व लाभ।
रही बात बोलने की
तो उसके मुख से केवल गाली गलोज
तथा परनिंदा ही निकलती है।
आज मनुष्य प्रकृति को भी
कुछ नहीं समझता।
उसने तो कभी यह भी नहीं सोचा
कि प्रकृति सदा से प्राणी मात्र की
हितैषी रही है जब तक कि मनुष्य

उसका दोहन न करे।
आज मानव विज्ञान की चरम सीमा
के समीप पहुँचने हेतु प्रयास रत है।
मनुष्य ने अब तक जो कुछ भी
प्राप्त किया है
वह प्रकृति की ही देन है
फिर चाहे वह अध्यात्म हो अथवा विज्ञान।
किन्तु मानव का स्वछंद हो
कर प्रकृति के उलट आचरण करना
बहुत बड़ी भूल है।
प्रकृति ने मनुष्य को पहले ही
समुचित स्वतंत्रता प्रदान की हुई है

और उसने स्वतंत्रता के साथ-साथ
कुछ नियम भी बनाये हैं।
अज्ञानवश मनुष्य इन्ही नियमों से
स्वतंत्र होना चाहता है
इससे पहले की प्रकृति
अपनी भृकुटि ताने
मानव को यह समझ लेना होगा कि
उससे बड़ा विनाशक
प्रकृति से बड़ा शासक, उससे बड़ा सखा,
उससे बड़ा हितैषी, उससे बड़ा सहायक, उससे बड़ा
दाता, उससे बड़ा निर्णायक
और उससे बड़ा दंडाधिकारी
इस संसार में न हुआ है न ही होगा।
इसलिए मनुष्य को उसके विरुद्ध जाने का
हठ छोड़ना होगा।
ओ-ह-हो
हम भी क्या फ़िज़ूल सा किस्सा
छेड़ बैठे हैं।
पर क्या करें हम अपना दर्शन
झाड़ने को मजबूर हैं।
यह सब तो समय का फेर है।
समय वह भी था जब मनुष्य में दया, क्षमा,
शीलता, परसेवा, और दान जैसे गुण

कूट-कूट कर भरे होते थे।
वह सत्यवादी, चरित्रवान तथा वीर
हुआ करते थे।
आज इन सबसे उल्ट
आचरण करने वाला मनुष्य
खराब समय के चंगुल में
आ चुका है और उसे सुधारना
अब असंभव लगने लगा है।
पर कहते हैं न की
समय बड़ा बलवान होता है और
समय के थपेड़े कुछ का कुछ कर देते हैं।
बिगड़ चुका मनुष्य शायद
समय के किसी पड़ाव पर
परिस्थितियों से घबरा कर
खुद ही खुद को बदले
वरना प्रकृति तो है ही
जो सुनामी जैसी जल प्रलय, तूफान, भूकंप
अथवा महामारी ला कर
सब कुछ बदलने में सक्षम है।
वासन्ती मौसम भी अल्पायु होता है
जो अब समाप्ति पर है।
हमारे इर्द-गिर्द और ऊपर
उग आये झाड़-झंखाड़ मे

रंग-बिरंगी कोंपलें और फूल आ चुके हैं।
मनुष्य त्योहारों पर नए वस्त्र
और आभूषण आदि खरीद कर
पहन लेता है
किन्तु पेड़ पौधों का ध्यान
प्रकृति रखती है।
वह इनके पुराने पत्तों को झाड़ कर
नये व कोमल पत्तों से स्वयं इनका
श्रृंगार करती है।
वसंत में आये नये पत्ते
पेड़ो को सुंदर बनाने के साथ-साथ
प्राणी जगत को जीवनदायिनी
आक्सीजन भी उपलब्ध कराते हैं।
हमारे आस पास उगे आम, नीम,
अमलतास, गुलमोहर व
पंचपर्ण के फूलों की
मस्त महक हमें छू जाती है तो
हम भी अलमस्त हो जाते हैं।
हमारे ऊपर उगे
सेमल के कुछ पेड़ों ने
हम पे लाल, पीले और गुलाबी
फूल झाड़ कर
हमारा भी श्रृंगार कर दिया है।

मौसम एक दम मस्त चल रहा है।
प्रकृति प्रसन्न हो
और मौसम मस्त तो
हम भी सामान्य बने रहते हैं।
प्रकृति से यदि छेड़-छाड़ न की जाये
तो वह स्वच्छंद होकर अपने हिसाब से चलती है और
अपने जीव-जगत की सुविधानुसार
वातावरण बनाये रखती है।
आज एक ठंडी सुबह थी और
साथ लगती कालोनिओं में
मस्ती सी छाई थी।
सुबह होते ही हुड़दंग सा मच गया था। शायद
आज हर वर्ष आने वाला
रंगों का त्यौहार होली था
इसलिए आज लोग मस्ती में थे,
छतों से एक दूसरे पर
रंगीन पानी गिरा रहे थे व राहगीरों पर पानी से
भरे गुब्बारे फैंक रहे थे।
बच्चे इसमें बढ़-चढ़ कर हिस्सा ले रहे थे। ज्यों-ज्यों
दिन चढ़ता गया
शोर-शराबा बढ़ता जा रहा था।
कहीं ढोल-नगाड़े तो कहीं
डेक और डीजे चल रहे थे।

फाग और गुलाल उड़ना शुरू हो चुका था।
आस-पास की कालोनियों से लोग-बाग़
घरों से निकल टोलियाँ बनाकर चल पड़े।
गलियों, मोहल्लों, बाजारों व चौराहों पर लोगों के
जमघट्टे लगने लगे थे।
जो भी आता, दूसरों के गालों पर
रंग लगा कर व अपने को लगवा कर
उनसे गले मिल रहा था।
दिन बीतने के साथ-साथ
त्यौहार का खुमार भी बढ़ता जा रहा था।
बच्चा लोग भी छोटी-बड़ी टोलियों में
इकट्ठे होकर चल पड़े।
वह भी रास्ते में मिलने वालों को
रंग लगाते जा रहे थे।
छतों पर चढ़ बच्चे व औरतें
नीचे से गुजरने वालों पर
बाल्टियों से रंगीन पानी व गुब्बारे
फेंक रहे थे।
हमारे साथ लगती बस्ती में
मस्ती कुछ ज्यादा ही बढ़ गई थी।
पुरुषों ने एक-दूसरे के कपड़े फाड़ने
शुरू कर दिए थे।
विभिन्न रंगों में रंगी औरतों का

मिज़ाज़ भी रंगीन हो चुका था।
इसलिए वह भी मर्दों की इस हरकत का
आनंद ले रही थीं।
साथ की दीवार पर गुझिया, नमकीन व
शरबत आदि रखा था।
अचानक सब को न जाने क्या सूझी की
झूमते-झामते सभी लोग हमारे छोर वाले
मंदिर के बगल वाले रास्ते से होते हुए
हम पर चढ़ आये।
हमने देखा. रंग पुते चेहरों में
सभी एक जैसे लग रहे थे।
हम देख रहे थे कि त्यौहार
कितने निष्पक्ष होते हैं।
इन्हें कोई भी मनाये
इन्हें धर्म, जाति या सम्प्रदाय से
कुछ लेना - देना नहीं है।
यह सबको सम्यक दृष्टि से देखते हैं।
त्यौहार की मस्ती में
अटखेलियाँ करते सभी लोग
हमारे ऊपर आकर
सबसे ऊँचे स्थान पर जा पहुंचे
और नाचते हुए रंग व गुलाल उड़ाते हुए
हूट करने व सीटियां बजाने लगे।

इस सब के चलते हमारी सतह भी
विभिन्न रंगों से रंग गई।
जब भी इर्द-गिर्द के लोग मस्ती में
हमारे ऊपर आ चढ़ते हैं तो
कुछ देर के लिए हम भी भूल जाते हैं
की हम पाषाण हैं
जो न देख सकते हैं,
न सुन सकते हैं,
न ही बोल सकते हैं।
इसी दौरान उनमें से एक ने
थैला खोल कर उसमें से
भांग मिली ठंढाई व पकौड़ियाँ निकाल लीं
जिन्हें सबने मिल कर खाया पिया
फिर क्या था काफी देर तक पिनक में
हुल्लड़बाजी चलती रही
जो हंस रहा था
वह हँसता ही चला जा रहा था।
आधा दिन बीत जाने के बाद
धूप कुछ तेज हुई तो
सुबह से भीग भीग कर अलसाये लोगों ने
झूमते-झामते धीरे-धीरे
वहां से सरकना शुरू कर दिया।
कुछ ही देर में

रंगों के इस त्यौहार का खुमार
घटने लगा और लोग घरों को लौट गये
हम फिर वही अकेले के अकेले रह गये।
अब सभी लोग
नाहा धो कर खाना खाने के बाद
शाम देर तक सोते रहेंगे।
आज संध्या कुछ छितरी छितरी सी थी।
कम ही लोग बाहर आये थे।
ऋतुसंधि का यह अंतिम बिंदु होता है
दिन प्रति दिन तापमान बढ़ने के साथ ही
अब ग्रीष्म का निर्मम
सामराज्य छा जाने वाला था।
रात्रि हो चुकी थी।
दिन भर होली का हुड़दंग मचाकर
थके-हारे लोग जल्दी सो गये।
चारों ओर शांति छाई थी।
शांति हमें भी अच्छी लगती है
इसलिए हम भी आराम के मूड में थे।
जैसे ही हम सुस्ताने को हुए
ऊपर आने के रास्ते पर
कुछ हलचल सी दिखाई दी
हमने देखा कि दूर से
दो पियक्कड़ नौजवान लड़खड़ाते हुए

ऊपर की ओर ही आ रहे थे।
नशे में धुत्त, रंग पुते चेहरे और
हाथों में खाने का सामान लिए वह दोनों
हमारे ऊपर सबसे ऊँचे स्थान पर
विराजमान हो गए। अपने-अपने दुखड़े
खुल कर रोने के लिए
यह स्थान शायद उन्हें बहुत सही लगा था।
दोनों में बातों का सिलसिला शुरू होते ही
एक, जो कुछ ज्यादा ही पिए हुए था
बात करते-करते हू-हू करके रोने लगा।
दूसरा बोला अर्रे म्मत रो
द... देख रौंने से क्किया मिलेगा।
पहला हु हू हू क्कैसे न्ना रोऊँ ईयार
ब्बात ही ऐसी है।
स्साली......की म्मा....... को।
सच्ची कहता हूँ स्सुबह से म.. मैं
रंग लेकर स्साली क्का इन्तजार करता रहा
प्पर...रांड....नहीं आई त.. तो नहीं आई।
स्साले..... तुम्हीं न्ने....क... कहा था कि
ह..होली पे द...दिल मिल.....जाते हैं
पर वोह .....स्साली तो.....
रंग तक....मलवाने न्नहीं आई
ममैं...खड़ा....खड़ा देखता..... ही..... रहा

स्स्साली....अपने....... जिजा से तो
रंग म्मलवाती....रही
पर..... हम जैसों क्की.... किया मजाल
जो स्स्साली क्को...रंग लगा सकें
अर्रे हम स्स्साले हैं ही क्कुछ,,,, नहीं
क्कुछ भी नहीं।
दूसरा उसे बीच में टोकते हुए बोला
इयार छोड़ो न
तुम .... भी क्किया लेकर बैठ गए।
मारो गोली..... स्साली ईंट उठाओ तो
म... माशूका मिल जाती है
स्साली.... तूं नहीं...और.... सही।
पहले वाला फिर से हू हू करके
रोने लग गया। फिर रुक कर बोला
अर्रे ज.....जब भी... अपनी ब्बस से जाती है
स्साली से क्कभी.....टिक्कट के
पैस्से तक नहीं लेता
गर्मी में स्साली.....क्को कुल्फी ख...
खिलाता हूँ.....ठंडी में क्काफी.....पिलाता हूँ।
स्साली..को ब्बस में बैठाने का भी
जुगाड़ करता हूँ।
कोई स्साला...उसे टेड़ी आंख ...... देख तो ले
म्मुझे... आग ....स्सी लग जाती है

उस माद.... को खाने को पड़ता हूँ।
अर्रे... ब्बस..... में तो ल.. लगता ही नहीं
की स्साली क्का... हमसे ब्बस... टशन है
बस में तो.....स्साली ऐसे ब्बात करती है
कि ब्बस..... इसका टांका तो
ह..हमसे ही भ.... भिड़ेगा
प्पर स्साली ने होली....अपने उस लबाड़ी
ज्जिजा के साथ ही..... मनाई
अर्रे स्साली... ने आँख उठा क्कर
ईदर..... देखा तक .....नहीं
हाय रे क्किया करूँ।
इतना कह कर वह फिर से
हुहुहुहू कर रोने लगा।
अब दूसरा भी
सरुर में आ गया और
पहले वाले के साथ सुर मिलाकर
वह भी हूहू कर रोते हुए बोला
चुप्प..... ईयार अब.....मत रो
अपनी तो..... लाइफ ही... स्साली ऐसी है
हम स्साले हैं.... ही कुछ नहीं
त... तूं तो.... जानता है.... ईयार
अपनी तो क्किस्सी ने स्सादी ही
नहीं करवाई।

हमसे तो स्साला छोटा ही अच्छा रहा
स्साले की स्सादी तो हो गई।
प्पर क्किया मिला उसे
स्सादी के..दोब्बर्स के ब... बाद ही
मर गया.... बेचारा।
एक ब्बेटा.....छोड़ गया है
जिसे म... मैं... ही पाल रहा हूँ।
अरे .... वोह भ.. भी मुझे
पापा..... ही प्पुकारता.... है
प्पर.... उसकी मां स्साली
मेरा म्मुंह...ददेख कर ही.....राजी नहीं
अर्रे म... मैं तो उस्से.....रखने को तैयार हूँ
म्मैने...सोचा चलो घर क्की
घर में....ही रह जाये
पर...वोह तो.....मेरे स्सामने
घूंगट....काद्र के ....रखती है
शक्कल..... तक दिखाने ... को राजी..... ..नहीं
स्साली क्को.....जो भी......लाके दो
व्वापस भेज.....देती है।
अर्रे मैनें.....तो कई बार
बापू..... को भी बोला.....
पर व़ोह..... स्साला भी तो यह ब्बात
उससे ब्बोलने से.......कतराता..... है

अर्रे.....स्सालों से पूछो....भ्भला
मुझमें.... कक्या बुराई है
बबस एक ..... पीता ही हूँ न
स्सालो पीता हूँ तो पीता हूँ।
जजाओ...जजो उखाड़ना है उखाड़ लो
अर्रे यह ततो द्देखो
की उसके....बबेटे को प्पाल....रहा हूँ
उसे....पढ़ा ल्लिखा बी दूंगा
अर्रे म्मेरे लिए व्वोह....कोई पराया थोड़ा है
छोटे ब.. भाई की औलाद है
उसे ब्बाप..... का पूरा प्यार दूंगा
और घर...... की घर में .... रह जाये
तो इसमें भ्भला......कक्या खराबी..... है
सब सुनकर पहले वाला बोला
अर्रे ईयार....तुम्हारा ....त.. तो
मामला ही स्सीधा..... है
बभाई.... न्ना हुआ.... तुम हुए।
इयार एक ही.....बात है
अर्रे उस्से.....तो घर का घर और
खस्सम का खस्सम म्मिल जायेगा
अरे .... बेटे क्को भी ब्बाप...का प्यार
मिल जायेगा,
घर बबस...जायेगा उसका

भाई.... और क्या च्चाहिये स्साली को
और ईयार....तुम्मे बी तो अब्ब
सहारा.....च्चाहिये न
कब्ब तक ऐसे ही इदर-उदर
झ्झांकते फिरोगे
दूसरा रुआंसा हो कर
बोला हाय रे ..... यही तो...... स्सालों के
भेजे में....नहीं प्पड़ता
अर्रे म...मैं करूँ तो क्किया करूँ
जोर से हू..हू..हू..कर वह
फिर से रोने लग गया
उसे रोते देख पहले वाला भी
हू. हू. हू. हू. कर रोने लगा
रात ढल चुकी थी।
होली का दिन था इसलिए
जल्दी ही सन्नाटा छा गया था।
दूर....हमारे पश्चिमी छौर पर

गीदड़ों का कोई झुण्ड
हुई..हुई.. हुई करके रो रहा था।
और यहाँ ये दोनों नशे के सुरूर में
हू.हू.हू.हू करके रो रहे थे।
अपने दिल का गुबार निकालने के बाद

कुछ देर दुःख-सुख बांट कर
दोनों उठे और ठंडी आहें भरते हुए
डगमगाते कदमों से चले गए।
उनके जाने के बाद
हमने भी चैन की सांस ली और
करवटें बदलते हुए न जाने कब हम
नींद के आगोश में चले गए।
प्रकृति ने अपना हिसाब-किताब
सही रखा हुआ है और वह इसमें
लेश मात्र हेरा-फेरी भी
पसंद नहीं करती
अब दिन-प्रतिदिन बढ़ रहे तापमान को
कोई नहीं रोक पायेगा
होली निकलते ही मौसम में
बदलाव का आभास होने लगा था।
सूर्य की किरणें प्रतिदिन
प्रखर होती जा रही थीं।
सेमल पर आये हरे रंग के डोडे सूख कर
चटख गए थे और उनमें से निकल कर
उड़ रही सेमल की रुई
जब एक छोर पर गिरती तो
एक बरगी ऐसा लगता कि जैसे
वहां बर्फ पड़ी हो।

परन्तु वास्तव में रुई का उड़ना
मौसम को और भी गरमा रहा था।
बढ़ रहे तापमान के कारण
अलसाये भँवरे, तितलियाँ
और मधुमक्खियाँ
छाया में रहना चाह रहे थे।
तपिश बढ़ने से
हमारी सतह भी गर्माने लगी थी।
वसंत में बौरायी
विभिन्न वनस्पतियों के फूल और फल बढ़ती तपिश
से झड़ने लगे थे और
पत्तियां कुम्हला गई थीं।
प्रतिदिन तेज होती जा रही धूप के कारण
अब यह वनस्पतियां ज्यादा दिन
टिक नहीं पाएंगी।
ज्येष्ठ लगते ही हमारे लिए
वर्ष का सबसे ख़राब व
असहनीय मौसम शुरू हो जाता है।
अब ज्येष्ठ व आषाढ़ के
तपते हुए लम्बे दिनों की
झुलसा देने वाली धूप
हमें सुबह से शाम तक सहनी होगी।

इन दिनों हम असहाय और
बिलकुल अकेले पड़ जाते हैं।
न कोई पशु न पक्षी और न ही
आस-पास का कोई व्यक्ति
हमारी सुध लेता है।
हां प्रातःकाल का समय
ठीक कट जाता है
जब प्रातःकाल भ्रमण के प्रेमी
अपने कुत्तों के साथ
हमारी और आ निकलते हैं।
सुबह की शीतल बयार में अल्पावधि के लिए
ठंडी पड़ी हमारी सतह पर सुस्ताते हैं,
दातुन और धूम्रपान करते हैं,
अपने साथ लाये कुत्तों को
गन्दा करने के लिए छोड़ देते हैं।
कुछ तो इधर-उधर ओट देख कर
खुद भी गंदगी कर प्रातः काल के
स्वच्छ वातावरण को ख़राब कर जाते हैं।
पर क्या किया जाये
उनकी समझ ही उतनी है
दूसरों के अधिकार हनन को
वह अपना अधिकार मानते हैं।
कोई लाख मना करले पर

उन्हें जो करना है वह करना ही है।
कोई भी मौसम हो
प्रातः काल में सूर्य का रथ
काफी तेज गति से भागता है
इसीलिए प्रातः की ठंडक
शीघ्र ही ताप में बदलने लगती है।
प्रातः की सैर को आये लोग-बाग
वापस जाले लगे थे।
अब तपिश से उबा देने वाला दिन
हमें अकेले ही झेलना होगा।

ग्रीष्म के युवा होने में देर नहीं लगती।
शीघ्र ही झुलसा देने वाली
लू चलने लगेगी।
आग बरसाते सूर्य देव का रथ भी
इन दिनों धीमा पड़ जाता है।
जब सूर्य सर पे होता है तो लगता है
समय थम सा गया है।
हम पर सूरज की सीधी पड़ती किरणे
हमें भीतर तक तपा देती हैं।
हमारे आस-पास दूर-दूर तक
किसी जल स्रोत का नामो-निशान नहीं
जिससे कुछ नमी पाकर

हम कुछ राहत महसूस कर सकें।
हम पर बची हुई थोड़ी-बहुत मिट्टी भी
नमी के अभाव में तप जाती है।
वासंती मौसम में उग आई घास-फूस
व जंगली बेलें
ताप से झुलस कर सूख जाती हैं।
अब कुछ दिनों में
हम नग्न हो जायेंगे
फिर न कोई मनुष्य, पशु अथवा पक्षी
और ही कोई सरीसृप अथवा कीट पतंग
हमारी और रुख करेगा।
ग्रीष्म का वेग बढ़ जाने के कारण
इर्द-गिर्द के लोग भी
ताप से बचने के लिए
अपने-अपने सामर्थ्य के अनुसार
साधन जुटा लेते हैं
कुछ ठंडा जल, शरबत व लस्सी आदि
व कुछ ठंडाई तथा आइसक्रीम का
सहारा लेने लगते हैं।
लम्बी दोपहरी में लोग-बाग
पंखे, कूलर व एयर कंडीशनर लगा कर
आराम से से जाते हैं
परंतु तपिश से परेशान हम दिन भर

ज्यों के त्यों बेसुध पड़े रहते हैं।
दिन ढल भी जाता है तो भी
लू के थपेड़े पड़ते रहते हैं।
आधी रात के बाद जाकर कहीं
तपिश कुछ कम होती है तो
हमारी दिन भी की झुलसी काया को
हल्की सी ठंडक छु जाती है जिससे
हमें बड़ा सुकून मिलता है।
किंतु अगली सुबह फिर से
ऐसा ही कष्ट भरा दिन हमारे सामने
मुंह बाए खड़ा होता है।

देश के इस उत्तरी क्षेत्र में
जाड़ा और ग्रीष्म, दोनों मौसम एक बार तो
अपनी चरम सीमा का अनुभव
करवा कर ही जाते हैं।
जाड़ा जहाँ एक जल्दबाज अतिथि सा
आता है और
चन्द्र कलाओं सी अपनी बढ़त व घटत
दिखा कर लोगों को अपने
चरम अस्तित्व का अनुभव कराने के बाद
प्रस्थान कर जाता है।
वहीं ग्रीष्म एक स्थाई अतिथि की तरह

आता है तथा फिर जाने का
नाम नहीं लेता और
वर्ष के छः सात महीने रुक कर
नाक में दम करके ही जाता है।
मानव तो मानव, पशु-पक्षी भी
तपिश और लू के थपेड़ों से परेशान
दिन भर हांफते रहते हैं।
पक्षी बेचारे अपनी चोंच खोले
पत्तों के झुरमट में दुबक कर
निढाल बैठे रहते हैं
और यदि ऐसे मौसम में भी
किसी को चैन नहीं है तो वह कौए हैं
न्हिं हर मौसम में
शरारत सूझती रहती है
इसलिए यह धूर्त पक्षी अपने
घोंसलों में
अण्डों पर बैठी फाख्ता, बुलबुल व
अन्य सीधे-साधे पक्षिओं को भी
बेचैन किये रहते हैं।
कब जा कर शाम को कहीं
सूरज डूबता है तो बेचारे पक्षी
शाम के चुग्गे के लिए उड़ान भरते हैं। घुमंतू कुत्ते,
बिल्लियाँ, गायें व सरीसृप

सभी इस तपिश से परेशान,
दो घूँट पानी की तलाश में
हांफते हुए बेचारे इधर से उधर
भटकते रहते हैं।
मनुष्य तो फिर भी साधन संपन्न है
अत: वह अपने लिए
सब प्रबंध करके रखता है।
किंतु असहाय पशु-पक्षी बेचारे
हमारी तरह लाचार हैं।
आज मनुष्य का ध्यान
उसकी लाचारी की और नहीं जाता
क्योंकि आज वह
हो ही ऐसा गया है।
उसकी मनुष्य होने से लेकर
सोचने-समझने, देखने, सुनने, बोलने,
खाने-पीने, पहनने, हंसी मजाक करने,
भले बुरे की परख करने,
किसी की सहायता करने, समाज में आचरण
करने, यहाँ तक कि
मनोरंजन करने की
रुचियाँ ही बदल गई हैं।

पिछली पीढ़ी के लोग
अपने आस-पास विचरण करने वाले
पशु पक्षियों को
अपना मित्र समझ कर
उनसे बातें भी कर लिया करते थे।
पशु पक्षियों की पीड़ा और मजबूरी
उन्हें बेचैन किये रहती थी
इसलिए वह लोग उनके लिए
मिट्टी के बर्तनों में पानी तथा
टोकरियों में अनाज व दाना आदि
रख दिया करते थे।
गांवों में रहने वाले सीधे-साधे लोग
आज भी पशु-पक्षियों को
घर का सदस्य समझ कर
उनके सुख-दुःख में उनका साथ देते हैं।
किंतु शहरों में ऐसा कुछ नहीं है
यहाँ कितनी भी संस्थाएं या
एनजीओ हो फिर भी
सभी पशु पक्षियों के कष्टों का निवारण
उनके बूते की बात नहीं।
यहाँ तो भूख, प्यास, दुर्घटना, प्रदूषण, बिमारी व
मौसमों की तीव्रता
पशु पक्षियों को अपना शिकार

बनाती रहती है।
फिर यहाँ भाग-दौड़ का जीवन जी रहे
मनुष्यों के पास
इतना समय कहाँ है
की वह उनके कष्टों का
निराकरण कर सकें।
काश हम यहाँ न हो कर किसी गाँव
या फिर जंगल में ही होते
तो यह सब बाते तो देखने को न मिलती
पर यह हमारा या दुर्भाग्य है
फिर प्रारब्धों का खेल है कि
कुदरत ने हमारा रुख
शहर की ओर कर दिया
और आज हम यहाँ गजब की
विडम्बनाओं का संत्रास झेल रहे हैं।
ग्रीष्म ऋतु अपनी
चरम सीमा पर आ चुकी है।
तपिश का यह काल है कि
दिनभर छाया भी छाया खोजती रही है।
कितना भी उग्र मौसम हो
हमने देखा है कि मनुष्य ने समयानुसार अपने लिए
सब प्रबंध करके रखते हैं।
यहाँ तक कि उसने

मौसम के अनुरूप अपने त्यौहार भी
नियत किये हुए हैं इन्हीं दिनों
ठंडा जल, शर्बत, घड़े व पंखे आदि
दान करने वाला दिन
निर्जला एकादशी आता है।
यह त्यौहार हर साल
इन्ही दिनों आता है इसीलिए
हमारे पूर्वी छौर पर बने मंदिर में
सुबह से ही
लोगों का ताँता लगा हुआ था।
लोग-बाग़ पानी के घड़े, आम, खरबूजे,
लीची व खुबानी जैसे मौसमी फल
मंदिर में दान हेतु ला रहे थे।
किसी के हाथ में शर्बत की बोतल थी
तो कोई चीनी व पंखे लिए आ रहा था।
नीचे सड़क के किनारे बनी टंकी के पास
बायीं ओर के खाली स्थान पर
कुछ श्रद्धालुओं ने ठंडे शर्बत की
छबील लगा रक्खी थी
जहां से गुजरने वाले हर व्यकित को
ठंडा शर्बत पिलाया जा रहा था।

इसके कुछ ही दिनों के बाद ही
सि□□क्ख पंथ के नोवें गुरु,

श्री गुरु तेग बहादुर का
शहीदी दिवस आने वाला था।
जिस सौहाद्र एवं श्रद्धा के साथ यह दिवस मनाया
जाता है वह अपने आप में
एक मिसला है। यह पर्व
बहुत बड़े पैमाने पर मानाया जाता है।
एक बहत बड़ी छबील लगाई जाती है जिसमें आने-
जाने वाले लोगों को
शर्बत के साथ-साथ
छोले व ब्रेड भी दी जाती है।
पानी की टंकी की बाई ओर के
खुले स्थान पर लगाई जाने वाली
इस छबील में चिलचिलाती धूप की
तपिश में भी सारा दिन
श्रद्धालु संगत की भीड़ लगी रहती है।
भीषण गर्मी के मौसम में
तपिश के कारण हमारे इर्द-गिर्द के
सुनसान रहने वाले इस क्षेत्र में
यह खूब रौनक व
चहल-पहल वाले दिन होते हैं।
तपती धूप में मूक पड़े
हम भीललचाई नजरों से
सब कुछ देख रहे थे

और सोच रहे थे कि काश
कोई दया करके हमारे ऊपर भी
दो-चार लोटे ठंडा शरबत डाल जाता
तो हमारी अंतरआत्मा को
इस असहनीय गर्मी से
कुछ राहत मिल जाती।
परंतु हमारी पीड़ा कोई नहीं समझता।
क्योंकि हम पाषाण है अतः
न हम देख सकते हैं
न सुन सकते है
न ही बोल सकते हैं

आषाढ़ का अंतिम सप्ताह चल रहा है।
समस्त चराचर जगत को
वर्षा ऋतु के आरंभ होने की प्रतिक्षा है।
ग्रीष्म के लंबे चलने वाले दौर से
ऊब चुके लोगों के मन को
सांत्वना देने के लिए
आज सुबह-सुबह
मौसम ने कुछ रंग बदला था।
सुदूर पूर्व के आकाश में
कुछ खलबली सी मची थी।
छितराए बादलों के कुछ भस्म रंगी टुकड़े

आकाश में मंडरा रहे थे।
बादलों को दूर से देख कर ही मन को
बड़ी राहत मिल रही थी।
प्रखरता की चरम सीमा पर पहुंच चुका
सूर्य कुछ पल के लिए
जब बादलों में जा छिपता
तो मन रिमझिम के गीत
गुनगुनाने लगता था।
किंतु अगले ही पल भभकता हुआ सूर्य
पुन: बादलों से बाहर आकर
चमकने लगता।
पर छूप छाँव का यह खेल
ज्यादा देर तक चलने वाला नहीं था।
तेजी पकड़ चुकी धूप के आगे
बादलों के यह टुकड़े भी
अधिक समय तक टिकने वाले नहीं थे।
शीघ्र ही वह छिन्न-भिन्न हो गए।
खाड़ी देशों में
बौछाडे पड़नी शुरू होने की
खबरें आ रही थीं
किंतु उत्तरी क्षेत्र में पहुंचने के लिए
अभी कली घटायें मनुष्यों तथा
पशु व पक्षियों को

जी भर के तरसायेंगी
मौसम की यह आंख-मिचोली
अभी चलती रहेगी।
प्रकृति मनुष्यों द्वारा अपने प्रति
की गई ज्यादतियों का बदला
उसे वर्षा के लिए
तरसा-तरसा कर लेती है।

कभी सुबह कभी शाम
दूर क्षितिज में बालों के टुकडे
तैरते हुए दिखाई देते हैं।
कई बार तो गड़गड़ाहट के साथ
बिजली भी कौंध जाती है।
परंतु सब बूंदा-बांदी के बिना
निकल जाता है।
मन में यही लललक रहती है कि
हमारे ऊपर काले मेघों की मूसलाधार बारिश हो
किंतु न जाने हम कब
वर्षा कि जल धरा से
पूरे के पूरे भीग कर
निद्रा का आनंद लेंगे

आज दूर कहीं क्षितिज के पश्चिमी छोर पर
भस्म रंगी बदलियाँ होने के कारण

संध्या जल्दी ढल गई।
उमस व तपिश ज्यों की त्यों बनी हुई थी।
रात धीरे-धीरे सरकने लगी
किंतु हमारी आँखों में नींद कहां।
आधी रात बीतने के बाद अचानक
बिल्लियों के गुर्राने की
आवाज आने लगी।
देखा तो हमें कॉलोनी से अलग करने वाली
दीवार पर दो बिल्लियों में
प्रणय लीला चल रही थी।
रात के सन्नाटे में वह दोनों बिल्लियाँ
तरह-तरह की आवाजें निकाल रही थीं।
ऐसा लग रहा था
जैसे दो आत्माएं रो रही हों।

ये बिल्लियाँ भी अजीब जानवर हैं
डरावनी आवाजों के साथ घंटों तक
इनकी प्रणय लीला चलती रहती है।
और अंततः जोर से गुर्रा केर
एक दूसरे का मुंह नोचने के साथ
समाप्त हो जाती है।
बिल्लियों का प्रणय-रुदन थम गया था।
शायद उनका मिलन हो चुका था।

अंधकार और नीरवता का सामराज्य
फिर से छा गया।
रात की गहराई दूर-दूर तक
अपना अहसास करा रही थी।
सोने का उपक्रम करते-करते हमें
नींद आने लगी
अभी जरा सी आंख लगी ही थी
कि मेघो के गरजने की
आवाज आने लगी।
हमने आकाश की ओर देखा
तो कच्चे बादल घूमते नजर आए
जो गरज के साथ कुछ बूँदे बरसा कर
सोंधी मिट्टी की गंध फैलाते हुए
चुप कर गए।
अब केवल झींगुरों तथा टिड्डों की आवाज
नीरवता को भंग कर रही है।
नींद से भारी हमारी पलकें
नींद के आगोश में समाने लगी
.... और समा गई।

कुछ समय बाद हम एकाएक
हड़बड़ा कर उठ बैठे
क्योंकि अचानक हमें किसी
प्रेतआत्मा के चीखने जैसी आवाज सुनाई दी

हमने देखा कि
सफेद कपड़ों वाली एक परछाई सी
तेजी से बड़ी-बड़ी छलांगे लगाती हुई
हमारे ऊपर से निकलती हुई
आगे अंधकार में विलीन हो गई
हम नहीं जानते यह कोई आत्मा थी,
प्रेतआत्मा थी अथवा कोई पिशाच था।
परंतु यह सब देख कर
एक बार तो हम पाषाणों के हृदय भी
कांप कर रह गए।
डरे-डरे से हम
काफी देर तक करवटें बदलने के बाद
कहीं जा कर सो पाए।

आषाढ़ का अन्तिम दिन भी निकल गया
कई दिनों से
आकाश में छाया गर्दी-गुवार
और भी गहरा गया था।
हवा में आर्द्रता बढ़ने के कारण तपिश कटखनी सी
हो गई थी।
चारों ओर बेचैनी छाई थी।
इसी वातावरण में
लम्बा और उमस भरा दिन

धीरे-धीरे सरक गया।
किन्तु रात बहुत उमस भरी थी
इसलिए हमारी आँखों में नींद कहाँ
आँखें आकाश की ओर लगाये
हम हर पल वर्षा की प्रतीक्षा कर रहे थे
किन्तु उमस भरी रात
आँखों में ही गुजर गई।
भोर में जब आँख लगने को हुई
तो शीघ्र ही धूल भरे वातावरण को
भेदती हुई सूर्य की तपिश
हम तक आ पहुंची और हम असहाय से
इसे सहने के अलावा
और कर भी क्या सकते थे।
तीखी तपिश सहते हुए
पहाड़ सा लम्बा दिन काटने के सिवा
हमारे पास कोई चारा न था।
पसीने और खुजली से बेहाल कराहते हुए
तल्ख दिन यूँ ही बीत गया।
ग्रीष्म का डूबने चला सूरज भी शायद
थका-हरा होने के कारण
अपनी गति धीमी कर देता है।
शाम को दूर पश्चिमोत्तर के क्षितिज पर कपासी
घटाओं के दर्शन हुए।

सूरज अभी क्षितिज के ऊपर ही था कि
देखते-देखते ही वह
लम्बी बदली की काली चादर से ढक गया।
काली बदली के भीतर
काफी हलचल का आभास हो रहा था।
एका-एक ऐसा लगने लगा
मानो संध्या दल आई हो।
दूर क्षितिज की ओर
हवा में कुछ विक्षोभ था जो शीघ्र ही
बवंडर बन कर बहने लगी और
उसके साथ-साथ उड़ते बादलों में
तड़तड़ाती गरज के साथ
कौंधती बिजली से
आकाश में लकीरें विनने लगी।
एका-एक अँधेरा छाने लगा और इससे
परेशान से हुए पशु-पक्षी सब
प्रकृति का यह निराला खेल देखने लगे।
आकाश में काली घटाओं का एक
चंदोवा सा बन गया था।
फिर एका-एक अंधड़ के साथ
टप टप करती छितरी हुई
मोटी-मोटी बूंदे पड़ने लगी और
देखते ही देखते इन मोटी बूंदों ने मूसलाधार वर्षा

का रूप ने लिया।
हमारी तपती काया पर वर्षा की
शीतल बूँदें पड़ी तो ऐसा महसूस हुआ
जैसे बुखार मे जनते हुए शारीर पर
किसी ने बर्फ के ठन्डे पानी मे
छींटे लगा दिए हों
भीगी मिटटी की महक ने बना दिया
कि यह मानसून की बारिश थी।
आकाश पूरी तरह मे
घने बादलों से ढक गया था।
कालोनी के कुछ मनचले लोग
बारिश का आनंद लेने
हमारे ऊपर च आये और मस्ती में आकर
नाचने गाने लगे
गड़गड़ा कर बरसते हुए बादलों ने
चंद मिनटों में चारों ओर
जल-थल कर दिया
तेज बारिश का पानी
हमारे ऊपर से नीचे की ओर
बहते हुए झरने सा लग रहा था।
काफी समय तक बादल खूब बरसते रहे।
जब कुदरत मेहरवान होती है
तो हमारे भी वारे-न्यारे हो जाते हैं।

अब कुछ ही दिनों में हम भी
हरे-भरे हो जायेंगे क्योंकि
सदियों से हमारे ऊपर
पनप रही वनस्पतियाँ हमारी दरारों से
फूट कर बाहर आ जायेंगी।
सांयकाल पश्चिम में कुछ समय के लिए
लालिमा छाई रही जिसकी किरणे
बादलों पर तिरछी पड़ने से
कुछ पल के लिए
अच्छी-खासी रोशनी हो गई।
आकाश में बादल होने के कारण
दिन जल्दी ढल गया और
संध्या के साथ ही रात उतर आई।
हलकी बूंदा-बांदी
बादलों की गरज के साथ
जोरदार बारिश में बदल गई
जो रात भर पड़ती रही
शीतल जल से सराबोर हुए हम शीघ्र ही
निद्रा की गोद में समा गये।
भीगी भीगी रात में हम
खूब गहरी नींद में सोये रहे।
सुबह पक्षिओं के कलरव से
हमारी निद्रा टूटी तो हमने देखा की

बारिश ने सब अस्त-व्यस्त कर दिया था।
रविवार का दिन होने के कारण
बारिश से अलसाए लोग
अभी तक सो रहे थे।
दिन भर रुक-रुक कर बारिश चलती रही।
हम भी अन्य लोगों की तरह
बौछारों का आनंद लेते रहे
सांयकाल पश्चिम में बादल कुछ छंटे तो
उनमें से निकल कर आई प्रखर धूप
अभिनंदनीय लग रही थी।
गर्मी के कारण गहरी मिटटी में
छिपे बैठे मेंडकों ने
बहार आ कर अपने गले फुलाकर
टर्राना शुरू कर दिया।
झींगुर अपना उबाऊ राग
लगातार अलापने में मस्त हो गए।
निरंतर होने वाली तपिश से राहत पाकर
हम भी आनंदित बैठे थे कि
तभी एक ओर झाड़ी में
कुछ हलचल हुई तथा एक
काले फन वाला कोबरा बाहर आ गया।
सामने साक्षात काल को देख कर
एक बार तो हम पाषाणों के भी

दिल दहल गए

कोबरे ने अपनी दोमुहि जीभ से

पत्तों पर टिका पानी पिया

फिर टकटकी लगा कर देखते हुए

एक ओर बढ़ने लगा।

शायद उसे कोई छोटा-मोटा

जीव दिख गया था इसलिए

वह एक ओर निकल गया।

कुछ ही पलों में

उसके जोड़े का दूसरा सांप भी

फन फैलाए वहाँ आ पहुंचा

और अपने साथी की गंध लेते हुए

धीरे-धीरे सरकने लगा।

ठीक उसी समय हमारी दृष्टि

मंदिर की ओर से ऊपर को आते हुए

पांच-सात युवक-युवतिओं पर पड़ी

तो हमारा दिल

एक बारगी फिर से कांप गया।

हमें भय सताने लगा कि

इनमें से कोई

हमारे ऊपर घूम रहे

साक्षात् काल का शिकार न बन जाये।

किन्तु शायद उन युवाओं के नसीब में

अभी जीना लिखा था
इसीलिए अचानक एकाएक
तेज बौछाड़ें पड़नी शुरू हो गई
तो वेह युवक-युवतियां
भागते हुए वापस मुड़ गए।
ईश्वर का शुक्र है कि एक
दुखद हादसा होने से टल गया
और हमने भी चैन की सांस ली।

आकाश काले बादलों से
आच्छादित होने के कारण शीघ्र ही अन्धकार का
साम्राज्य छा गया।
वर्षा की झड़ी लग चुकी थी।
अब शायद यह रात भर पड़ती रहेगी।
यह मनुष्य कि प्रकृति है
कि जिस ऋतु की
वह बड़ी बेसब्री से पतीक्षा करता है
बहुत जल्दी उससे ऊब भी जाता है
और रही हमारी बात,
तो हमें तो बस भीगना ही था।
क्योंकि हमारे ऊपर कौन सा छाता था।
इन मौसमी बौछारों ने
हमें अंतर्मन तक भिगो कर

भीतर से शीतल कर दिया था।
बारिश में भीगना कितना सुखद होता है
यह भीग कर ही जाना जा सकता है।
हम भीगने के इसी सुख में मस्त बैठे थे
कि तभी एक ओर से
ची..ची की आवाज ने हमारा ध्यान
आकर्षित किया।
हमने उत्सुकतावश जैसे ही उस ओर देखा
तो हम भीतर तक सिहर गये।
नागराज ने एक बड़े से चूहे को
अपने मुहं में पकड़ रखा था।
नागराज के विष दन्त गढ़े होने के कारण
वह चूहा कुछ ही पल में
निढाल हो कर पड़ गया
और नागराज ने धीरे-धीरे
उसे निगलना शुरू कर दिया।
देखते-देखते वह चूहा
नागराज का निवाला बन गया।
कुछ देर रुक कर
जीभ लपलपाता हुआ नाग
एक ओर निकल गया।
वर्षा से हुई ठंडक के कारण
सांप, बिच्छू तथा गोह जैसे

कई जीव रात भर हम पर घूम कर
शिकार का मजा लेते रहे।
जुलाई से आरम्भ होकर सितम्बर तक
दो ढाई महीने बरसाती मौसम
अपने कई रूप दिखाता है जैसे
कभी बूंदा-बांदी, कभी हवा के साथ
तेज बोछाड़े, कभी कई दिन की
लम्बी झड़ियां तो कभी कटखनी उमस।
कई बार तो इस ऋतु में
सारा दिन बादल छाये रहते हैं पर
एक भी बूँद नहीं पड़ती
आज कुछ ऐसा ही दिन लग रहा था।
सुबह से बादल छाये हुए थे और
साथ में ठंडी बयार बह रही थी।
हम प्रातःकाल उठ कर बैठे
दूर-दूर तक छाये घने बादलों का
नज़ारा ले रहे थे।
लोग-बाग़ सुबह से हमारे ऊपर
आ-जा रहे थे।
कुछ ही देर में
मंदिर वाले रास्ते से बूढ़ों का दल
हंसी-ठट्ठा करते हुए
हमारी ओर आ निकला।

वह सब हमारे सामने वाले कोने पर
अपना-अपना लत्ता या अखबार बिछा कर
विराजमान हो गये।
निश्चिन्त जीवन और
उस पर मस्त मौसम आज उनके
हंसी-ठट्ठे का सबब बन गया था।
इस आयु में इतना हंसमुख व
चिंता मुक्त बने रहना
ऊपर वाले की ही देन हो सकती है।
एक बूढ़ा, जो उन सब में
कुछ ज्यादा उम्र का था
आज अपने चेहरे पर
अवसाद के भाव लिए था।
उनमें से एक ने
उसकी उदासी का कारण पूछा
तो उसने मन का बोझ बताया।
अब तक सबका ध्यान
उसकी और हो चुका था।
एक बोला यह तो बता यार कि
इस उम्र में तुम पर
कौन सा बोझ आ पड़ा है।
आज तुम पे पड़ा है तो कल हम पे भी
पड़ सकता है।

तुम हमें बताओ तो सही
हम सब मिल कर तुम्हारा बोझ बाँट लेंगे।
मित्रों की बात सुन कर
वह रुआंसा सा हो कर बोला
मेरे बेटे ने अपना ओहदा
बढ़ाने के चक्कर में अपना तबादला
किसी और जगह करवा लिया है
और वहाँ रहने के स्थान की
कमी के कारण मुझे साथ न लेजाकर
वृद्ध आश्रम भेजने की तैयारी कर रहा है।
बेटे से तो बिछुड़ा सो बिछुड़ा,
मैं तो आप सब से भी बिछुड़ जाऊँगा
क्योंकि वृद्धाश्रम यहाँ से
25 किलोमीटर की दूरी पर है।
मैं वहां कैसे रहूँगा?
बस यही बोझ है मेरे मन पर।
इतना कह कर वह जोर-जोर से
रोने लग गया।
उसकी हालत देख कर
सभी बूढ़े उसके पास आ गए
और उसके कंधे पर हाथ रख कर
उसे दिलासा देने लग गये।
उनमें से एक दो ने तो उसे

अपने साथ अपने घर रखने का
प्रस्ताव रख दिया।
वह बुजुर्ग अभी भी रोये जा रहा था।
उसकी आँखों में जैसे सैलाब आ गया था।
एक बूड़े ने आगे बढ़ कर कहा कि
उसका बहुत बड़ा मकान है
और उसके बहु बेटा सुबह उठकर
नाम लेने लायक हैं
हम इकट्ठे रहेंगे तो बहुत मजा आएगा।
और एक बात और है
तुम्हें वह सब सुविधाएं मिलेंगी
जो मुझे मिलती हैं।
तुम बेशक जा कर अपने बेटे को
यह बात बता कर
वृधाश्रम जाने को मनाह कर दो।
यह सुन कर वह बुजुर्ग
आश्वस्त हो गया।
कुछ देर इधर-उधर की बातें करके
बूढ़े धीरे-धीरे नीचे उतर गये और
अपने-अपने घरों को चले गये।
एक दो दिन बाद वह बूढ़ा जब फिर से
अपनी मित्र मण्डली में नजर आया
तो वह प्रसन्न चित था।

पूछने पर उसने बताया की
जब मैंने आप लोगों द्वारा मुझे
अपने घरों में रखने की बात बता कर
वृद्धाश्रम जाने से साफ़ मना कर दिया तो
उसके बेटे ने यहाँ से ट्रांसफर लेने का अपना
इरादा बदल लिया है।
अब वह यहीं ही रहेगा
उसकी यह बात सुन कर
सभी ख़ुशी से चिल्ला उठे।

हम सोच रहे थे की मां-बाप
अपने बच्चों की श्रेष्ट देख-भाल के लिए
कितने त्याग करते हैं।
और यदि बच्चे पैसों
अथवा झूठी शान के लिए
बाहर कहीं भी जाने को
उतावले हो उठते हैं तो उन्हें
अपने मां-बाप को भी
अपने साथ ले जाना चाहिए
नहीं तो पैसे अथवा झूठी शान के लिए
बाहर जाने का इरादा छोड़ देना चाहिए
भले ही इसके लिए उन्हें
कितना भी त्याग क्यों न करना पड़े।

मां-बाप की अपनी औलाद से अच्छी
देखभाल और कोई नहीं कर सकता
और ऐसा करके औलाद
उन पर कोई एहसान नहीं करती।
और यदि मां बाप खुश हो कर
अपने बच्चों को कोई भी आशीष दे दें
तो उसे फिर साक्षात भगवान् भी
नहीं टाल सकता।
बेशक हम पाषाणों का
न तो कोई मां-बाप है
न ही हम किसी के मां-बाप हैं
फिर भी हम मां-बाप के महत्त्व को
अच्छी तरह जानते हैं
और यह सब हमने यहाँ आने वाले
लोगों से ही जाना है।
आज भी मां-बाप की अपने इष्ट कि तरह पूजा करने
वाली औलादें
इसी समाज में विद्‌यमान है तथा
उन्हीं पर यह सृष्टि टिकी है
और यहाँ हम अपना दर्शन नहीं झाड़ रहे
हम वास्तव में सत्य कह रहे है।
बच्चों को उसके पालन-पोषण में
मां-बाप द्‌वारा सही गई मुसीबतों का पता

तभी चलता है जब वह खुद
मां-बाप बन कर
अपने बच्चों को पालते हैं।
और जिन लोगों को इसपर भी
मां-बाप द्वारा अपने बच्चों के लिए
किये गए त्यागों कि अनुभूति नहीं होती
उन्हें हम अपने से भी बदतर,
श्रेणी में गिनते हैं क्योंकि
हम न देख सकते हैं,
न सुन सकते हैं,
न ही बोल सकते हैं
परन्तु पाषाण होकर भी हम
बूढ़े मां-बाप के लिए महसूस तो करते हैं।
पर उनमें तो इतनी धर्मबुद्धि
भी नहीं दिखाई देती।
एक सप्ताह से
रुक-रुक कर चल रही वर्षा ने
हमारी काया और आस-पास का क्षेत्र
हरा-भरा कर दिया था।
आज सुबह से
सूरज आँख मिचोली खेल रहा था।
आज की सुबह नींद लेने के लिए
बहुत ही उपयुक्त थी।

ठंडी बयार भा रही थी और
आकाश पर बादल चाल जारी थी।
ऐसा सुहाना दिन
कभी-कभी नसीब होता है।
हम आलस्य के साथ सुस्ताये बैठे
प्रकृति की छटा का नजारा ले रहे थे।
हमारे उपर हरियाली देख कर
चरने के लिए प्रायः पशु आ निकलते थे।
आज भी हमारे पश्चिम की ओर बसे
गांव की ओर जाने वाले रास्ते पर
एक गाय धीरे-धीरे चली आ रही थी।
पशु चाहे किसी भी स्थिति में हो
उसके मालिक उसे घास चरने के लिए
भेज देते हैं।
शायद उन्हें इस बात का पता होता है
कि समाज में पशुओं पर दया करने वाला
कोई न कोई तो धर्मभीरु मिल ही जाएगा।
वह पास आई तो हमें बहुत अच्छा लगा
कि चलो आज प्रातः गो माता के
उसे दर्शन हो गये।

किन्तु हम एक बात से हैरान थे
कि वह हरी-भरी घास में

बिलकुल मुंह नहीं मार रही थी।
उसके चेहरे की कातरता बता रही थी कि
वह किसी कठिनाई में थी।
धीरे-धीरे आगे बढ़ते हुए वह जैसे ही
हमारे पास आई तो उसे देख कर
हम अवाक रह गए।
वास्तव में वह गाय
भयानक कठिनाई में थी।
उसकी कोख से एक मृतप्राय: बछड़ा
आधा बाहर लटक रहा था।
यह देख कर
हमारी अन्दर की सांस अन्दर और
बाहर की बाहर रह गयी।
लग रहा था कि मृत बछड़े को जन्म देना
असहाय पशु के बस में नहीं था।
इस स्थिति में गाय का अधिक देर
टिक पाना संभव नहीं था।
बहुत कठिनाई से वह बेचारी बैठ गयी।
हम तुरंत मन ही मन
ईश्वर से प्रार्थना करने लग गये कि
हे प्रभु इस बेजुबान पर रहम कर और
इस जान लेवा समस्या में
इसकी सहायता कर।

हम पाषाण
बस यही कर सकते थे क्योंकि
न हम बोल सकते हैं,
न सुन सकते हैं,
न ही देख सकते हैं।
ऐसा लगा की ईश्वर ने
सच्चे मन से की गयी हमारी प्रार्थना
सुन ली थी।
हमने देखा कि एक और से
कोई दफ्तर जाने वाला व्यक्ति
ऊपर की ओर आता दिखाई दिया।
ऊपर आ कर जैसे ही उसने
गाय को कठिनाई में देखा
तो उसके मन में हमारी तरह ही
उथल-पुथल मच गई।
उसने अपना थैला व पानी एक ओर रक्खा
एक नजर गाय पर डाल कर
नीचे उतर गया और
टंकी के पास सड़क पर आ गया।
हम देख रहे थे कि वह
कई लोगों से गाय की सहायता के लिए
कह रहा था परन्तु
अपनी भाग-दौड़ में व्यस्त लोगों के पास

उसकी बात सुनने का समय नहीं था।
जिसने सुनी भी
वह भी सुन कर चलता बना।
दफ्तर तो शायद उसे भी जाना था पर
वह गाय की हालत देख चुका था इस लिए
उपक्रम करता रहा और अंततः उसे
साईकिल पे जाता एक ग्वाला मिल गया
जो ध्यान से उसकी बात सुन कर
साईकिल खड़ी कर
उसके साथ उपर आ गया।
उसने गाय को बैठे हुए देख हाथ बाँध कर
ईश्वर का शुक्र मनाया और
मृत बछड़े की टांगें पकड़ अपने पैर
उसके दोनों ओर टिका कर
उसे जोर से बाहर की ओर खींचा परन्तु
बछड़ा बहर न आया।
यह देख कर एक बार तो
ग्वाला भी निराश हो गया किन्तु
उस सज्जन ने ग्वाले को
एक बार फिर से कोशिश करने को कहा
परन्तु दूसरी कोशिश भी बेकार गई।
गाय बेचारी गर्दन डाल कर बैठी हुई थी
और अत्यंत कष्ट में थी।

उसकी हालत देख कर
हमारा सीना फटा जा रहा था।
ग्वाला निराश होकर जाने को हुआ तो
हमारी स्थिति
और भी निराशाजनक हो गई।
हम सोचने लगे कि अब तो हमें
प्रसव कष्ट से दुखी
इस निरीह प्राणी की मृत्यु का संत्रास
झेलना ही पड़ेगा।
किन्तु कहते हैं न कि "जाको राखे साइयां
मार सके न कोय"।
तभी उस व्यक्ति ने
हाथ बाँध कर ग्वाले से एक बार और
कोशिश करने को कहा।
अनमना सा ग्वाला
एक कोशिश और करने के लिए बैठ गया।
अब की बार जो उसने
पूरा जोर लगा कर मृत बछड़े को खींचा तो
वह बाहर आने लगा और
एक दो कोशिशों में पूरा बाहर आ गया।
हमने देखा कि उन दोनों भले लोगों के
चेहरों पर संतोष झलक रहा था।
कुछ देर में गाय उठ कर खड़ी हो गई।

इसी मध्य मंदिर से आये
कुछ भक्त जन भी एकत्रित हो गये थे
उन्हों ने गाय को
गुड़ आदि खिलाना शुरू कर दिया।
खा-पी कर कुछ देर वहां आराम करके गाय
धीरे-धीरे वहां से चल दी।
हमने यहाँ पशुओं के कई कष्ट भरे
मंजर देखे हैं।
परन्तु जो सुकून हमे
इस बेजुबान गाय के प्रसव संत्रास से
उबर जाने पर मिला
वैसा शायद आज तक कभी नहीं मिला।
वह गाय घास में मुंह मारते हुए
आगे बढ़ गई और धीरे-धीरे
आँखों से ओझल हो गई
बरसात की लम्बी झड़ियों से
चारों ओर जल-थल हो गया था।
दूर-दूर तक के तालाब, पोखर व
नदियाँ-नाले सब लबालब भर गये थे।
हमारी पीछे की ढलान पर
काफी झाड़-झंखाड़ उग आया था।
ढलान से उतरते समय
नीचे की बाईं ओर

एक चबूतरा सा बना था।
चबूतरे के इर्द-गिर्द व नीचे की ओर
घास-फूस और अन्य वनस्पतियाँ
इतनी ऊंची हो चुकी थीं कि
उनके बीच घूमती कोई बच्छिया या कुत्ता
दृष्टिगोचर ही नहीं होता था।
जैसे ही शाम ढली
एक मोटी-ताज़ी मादा शूकर जो की
काफी कठिनाई में लग रही थी
घास को चीरते हुए
चबूतरे की ओर आ निकली और
वहीं पसर गई।
थोड़ी-थोड़ी देर के बाद वह करवट लेती
और ऐसा करते समय वह
पीड़ा भरी आवाज में गुर्राती।
धीरे-धीरे अँधेरा बढ़ने लगा
परन्तु न तो उसकी कष्ट भरी गुर्राहट में कोई कमी
आई
न ही उसका मालिक
उसकी सुध लेने आया।
पहले तो हम उसकी पीड़ा नहीं जान सके किन्तु
उसकी स्थिति देख कर
हमने भांप लिया था कि वह शूकरी

प्रसव पीड़ा से कराह रही थी।
एक तो उसका क्रंदन और ऊपर से
मौसम की उमस
हमें असहज किये हुए थी।
रात गहराई तो हमारी भी आँख लग गई।
भोर में हमारी आँख खुली तो
जहाँ मादा शूकर सोई थी
उस ओर से शूकरी के नवजात बच्चों के
चिल्लाने की की आवाजें आ रही थीं।
रात्री में शूकरी ने
दस बच्चों को जन्म दिया था।
हमने देखा कि सुनहरे रंग के बच्चे,
जिनकी आँखें बंद थीं
एक दूसरे में घुस - घुस कर
शूकरी का दूध पीने की होड़ में लगे थे। जिसे दूध मिल जाता
वह शांत हो कर पीने लग जाता।
सूर्य की किरणे शीघ्र ही प्रखर हो गईं।
यह मौसम ऐसा ही होता है
तेज धूप के कारण उमस बढ़ जाती है
शूकरी प्रसव पीड़ा के साथ-साथ
कटखनी गर्मी का कष्ट सह कर भी
सभी मांओं की तरह
अपने बच्चों का ध्यान रख रही थी।

कुछ देर बाद हाथ में लट्ठ लिए
उसे खोजते हुए
उसका मालिक व उसकी पत्नी आ पहुंचे। आते ही
उन्होंने एक-एक कर
बच्चों को उठा-उठा के गिना।
शूकरी ने चाहे अपने मालिक को
पहचान लिया था
परन्तु फिर भी वह गुर्रा रही थी।
उन दोनों ने ची-ची करते बच्चों को
उठा उठा कर
एक टोकरी में डाला और
टोकरी उठा कर घर की ओर चल दिए
शूकरी भी उठ कर उनके साथ हो ली।
जहाँ शूकरी ने बच्चे जने थे
वहां पड़ी उसकी
पुरइन व गर्भनाल आदि को चट करने
कव्वे आदि आ पहुंचे थे।
कुछ देर में सब सामान्य हो गया।

सुबह से तेज धूप के कारण
दोपहर तक आकाश में बादल चाल
शुरू हो गई।
शाम तक काले मेघ घिर आये

और बारिश शुरू हो गई।
रात भर टिप टिप कर वर्षा होती रही।
सुबह भी मौसम का यही हाल था
काले मेघों से भरे आकाश में
लम्बी कतारों में उड़ती उजले बगुलों व
श्याम वर्ण क्रौंच पक्षियों की टोलियां
देख कर हमारा मन भी उड़ना चाह रहा था
किन्तु हमारी किस्मत में उड़ना कहां।
बरसात के लम्बे मौसम में
आर्द्रता, सीलन, उमस और बाड़ जैसी
समस्याएं उठ खाड़ी होती हैं।
पर मनुष्य को जैसे वर्षा का देरी से आना
परेशान कर देता है वैसे ही
उसका टिके रहना भी उसे उबा देता है
क्योकि लम्बे बरसाती मौसम के कारण
सब अस्त-व्यस्त हो जाता है।
दो दिनों से लगी झड़ी
अभी तक रुकी नहीं थी।
गत दिन से रुक-रुक कर पड़ रही बारिश
रात भर चलती रही।

सुबह हुई तो
सूर्य देव के दर्शन होने से

पिछले दिन से चल रही वर्षा के कारण
अस्त-व्यस्त हुआ जन जीवन
फिर से व्यस्तता में लोट आया।
प्रातः की हल्की धूप और ठंडी बयार ने
हमारा मन प्रसन्न कर दिया।
सीलन में रात भर हम भी अलसाए से करवटें
बदलते रहे और
सुबह-सुबह उठ कर बैठ गये।
लम्बी झड़ी के कारण
चारों और जल-थल हो रहा था।
वर्षा के कारण पश्चिम दिशा में अभी भी
हल्का सा धुंधलका था।
हम शांत मन से बैठे
दूर-दूर तक बिछी प्राकृतिक हरियाली को
अपलक निहार रहे थे कि
भी एक ओर से
दस-बारह घुमक्कड़ कुत्तों का एक दल
ऊपर की ओर आता दिखाई दिया।
उनमें सबसे आगे
एक जवान कुतिया चली आ रही थी
जबकि उसके पीछे
देख बाह विभिन्न रंग व शक्ल के दस-बारह कुत्ते
चल रहे थे।

देखते ही हम सब मामला समझ गये
प्रकृति ने सृष्टि कि रचना
जीव जागत की हितैषी बन कर
बहुत सोच समझ कर की है।
मनुष्य को छोड़ कर समस्त जीव जगत
प्रकृति द्वारा सुनिश्चित किये गये
नियमों का अनुसरण करता है।
प्रकृति द्वारा निर्धारित काल में ही
जीव जगत अपना अस्तित्व
स्थिर रखने के लिए
प्रजनन को अभिमुख होता है।
बस प्रकृति ने उसे
एकान्तता की समझ नहीं बक्शी
इसीलिए उसे
अपनी स्थिति का भान नहीं रहता
और वह अपनी सहज प्रवृत्ति में
बहने लगता है।
इस धीमी रेस में उन सब
कुत्तों की मंजिल आगे-आगे चल
रही कुतिया थी।
उस कुतिया का सानिध्य पाने की
सभी में होड़ सी लगी थी।
उनका उतावलापन देखते ही बनता था।

सभी कुत्ते एक क्रम में चल रहे थे
सबसे आगे अधेड़ावस्था के
हरदम भिड़ने को तैयार कुत्ते थे।
उनके पीछे वह कुत्ते थे
जो अपना दावा रखते हुए बार-बार
आगे वाले कुत्तों से टक्कर ले रहे थे।
अंतिम जत्थे में वह कुत्ते थे
जो शांत मन से इस झूठी आशा में
चले जा रहे थे कि शायद
कोई चमत्कार हो जाए।
आगे वाली पंक्ति का कोई कुत्ता
यदि कुतिया के पास
आने की कोशिश करता तो
वह गुर्रा कर
एक भौंक से उसे भगा देती।
फिर भी कोई इस बात का
बुरा नहीं मान रहा था।
ऐसा लग रहा था कि मानो
आज तो बस उसी का दिन था।
बड़े मिजाज थे उसके
कुत्तों की मानसिक स्थिति से अनजान
कुछ खीजी सी होने के बावजूद
वह अपनी मस्ती में चली जा रही थी।

चलते-चलते कभी वह बैठ जाती,
कभी पीठ के बल लेट जाती
तो कभी उठ कर
फिर से इधर-उधर की वस्तुओं को
सूंघने लग जाती।
लगता था कुत्ते भी आज
अपने नाश्ते पानी की परवाह किये बिना
चुप-चाप उसके पीछे चले जा रहे थे।
यदि दूसरी पंक्ति का कोई कुत्ता
प्रथम पंक्ति में घुसने की कोशिश करता
तो प्रथम पंक्ति वाले कुत्ते
दांत निकाल कर गुर्राते हुए
उन्हें उनकी औकात दिखा देते।

हमारी नजर उन पर पड़ी तो हम भी
आम आदमी की तरह
कनखियों से एक दुसरे को देख
दबे होंठों से मुस्कुरा दिए।
कुछ आगे जाकर पत्थरों की ओट में
ठंडा स्थान पा कर कुतिया बैठ गई तो
मुहं खोले हाँफते हुए भावी दुल्हे
और बाराती भी इधर-उधर बैठ गये।
कुछ देर आराम कर कुतिया उठी

और हमारे पीछे की और वाली ढलान से
नीचे की और उतर गई।
उसके पीछे-पीछे कुत्तों का टोला भी
नीचे उतर गया।
उनके जाने से हमे भी
बहुत सुकून मिला
वरना हम मुफ्त में टेंशन ले रहे थे
की लोग कभी भी वहां घूमने आ जाते हैं
कहीं वह उनके सामने अपनी
उलटी सीधी क्रीड़ाएं न शुरू कर दें।
हम सोच रहे थे कि यह बेचारे पशु हैं और
प्रकृति ने इन्हें भी
सहज ऐन्द्रीय प्रवृत्तियां बख्शी हैं
जो आवधिक होती हैं
और इन्हीं के वश होकर यह
इस और प्रवृत्त होते हैं
पर सच पूछा जाए तो
मनुष्य की यह मनोवृत्ति होती है
कि जो होने जा रहा है
वह देख ही लिया जाए।
कुछ लोग तो दुनियां जहां से बेखबर
टकटकी लगाकर
बस उधर ही देखते रहते हैं।

कुछ रुक-रुक कर
उधर नजर डाल लेते हैं
और कुछ हमारे जैसे
शर्म से मुंह फेरे हुए भी कनखियों से
इन्हें देखते रहते हैं।
अंततः कुत्तों का वह दल
हमारे देखते-देखते
हमारी पश्चिम दिशा में काफी दूर बसे
गांव की ओर निकल गया।

हमने देखा है कि
तपिश और उमस भरे चौमासे में
त्यौहार भी बहुत कम आते हैं।
फिर भी मानव समाज के सर्जनों ने
मौसमी नीरसता को दूर करन हेतु
यहाँ भी रक्षाबंधन, श्रीकृष्ण जन्माष्टमी
व गणेश चतुर्थी जैसे
त्यौहार रख दिए।
हमारे छोर पर बने मंदिर के कारण
हमें सभी छोटे-बड़े त्योहारों का
पता चल जाता है।
सदियों से चले आ रहे
यह त्यौहार आज भी

बहुत धूमधाम से मनाये जाते हैं।
मंदिर की बगल में होने के कारण हमें
सब त्योहारों का पता चल जाता है।
इसीलिए हमें भी
इनकी प्रतीक्षा रहती है।
अगस्त माह के आते ही राखी
एवं जन्माष्टमी की
धूम सी मच जाती है।
पहले तो बाज़ार राखियों से सज जाते हैं,
खरीदारियां शुरू हो जाती हैं।
हलवाइयों कि दुकाने
विभिन्न बानगियों कि मिठाइयों से
पूरी तरह सज जाती हैं।
बहिने अपने भैया- राजा का
मुंह मीठा कराने को बढ़िया से बढ़िया
मिठाई खरीदने कि होड़ में थीं।
इसी तरह हर बहिन को राखियाँ देख कर
यही लालसा रहती है कि
सबसे बढ़िया राखी उसी के भाई की
कलाई पर सजे
आज के दिन उनके आने-जाने के लिए
कई राज्य परिवहन सेवा मुफ्त कर देते हैं।
जैसे ही दिन निकलता है

छोटे-बड़े, सभी कि कलाइयों पर
रंगबिरंगी राखियाँ दिखाई देने लगती हैं।
दिन भर राखी कि हलचल
मची रहती है।

रक्षाबंधन के कुछ दिनों के उपरांत

भादों कि कृष्ण पक्ष की अष्टमी को
श्री कृष्ण जन्माष्टमी का त्यौहार
मनाया जाता है।
जगह-जगह कृष्ण लीलाओं कि
झांकियां बनाई जाती हैं।
हमारी तलहटी से लगती कालोनी में भी
बच्चे जन्माष्टमी कि
झांकियां बनाते है जिनकी झलक
हमें भी ऊपर से मिल जाती है।
छोटे-छोटे बच्चों को वस्त्रों एवम
आभूषनों से सजा कर
राधा-कृष्ण कि जोड़ी तैयार की जाती है।
इसके थोड़े दिनों के बाद
गणेश चतुर्थी पर लोग घर में
गणेश कि प्रतिमा ला कर बिठाते हैं।
हमारे आस पास की कालोनियों

में भी कई जगह गणेश
को बिठाया जाता है।
सुनते हैं यह पूजा चाहे महाराष्ट्र
से आरंभ हुई हो किंतु अब तो
हर प्रान्त व गली मोहल्लों में
गणेश प्रतिमा लाकर बिठाइ जाती है
इसी कारण इन दिनों गणेश जी की
प्रतिमाएं खूब बिकती हैं।
और प्रजापति सामुदाय कई दिन
पहले से गणेश की प्रतिमाएँ बनाने
में व्यस्त हो जाता है।
लोग ढोल नगारों के साथ
प्रतिमा को ले जाते हैं,
तथा फिर दसवें दिन विसर्जन के लिए ले जाते हैं।

सितम्बर का महीना आरम्भ हो चुका है।
इस बार अधिक मास पड़ने के कारण
शारदीय पक्ष शीघ्र
आरम्भ होने वाला था अतः
हल्की हवा चलने के कारण
उमस में कमी आने लगी थी।
आज प्रातःकाल
हमारे ऊपर ठन्डे-ठन्डे छींटे पड़े तो

हमारी नींद खुल गई।
हमने आकाश कि और देखा
तो ऊपर छितरे से बादल मंडरा रहे थे।
जब अच्छा दिन निकल आया तो
हवा भी तेज हो गई
इसलिए बादल चाल के कारण सूरज
आँख मिचोली खेलने लगा था।
हम बैठे मौसम का नज़ारा ले रहे थे कि
एक और बैठे कुछ कौओं ने एका-एक
कांव-कांव चिल्लाना शुरू कर दिया।
कुछ ही पलों में वहां उनकी देखा-देखी
इधर-उधर से और कौए
एकत्रित हो गए
और वह भी उनकी सुर में सुर मिला कर कांव-कांव
करने लगे।
उनकी चिल्लाहट ने
आसमान सर पे उठा लिया था।
जब हमने उधर देख कर जानना चाहा
कि बात क्या है
तो हमने देखा कि सामने खड़े
सेमल के पेड़ कि टहनियों में काली सी
कोई वस्तु हिल रही थी
जिसे देख कौए उसे अपना

भाई-बंद समझ कर शोर मचा रहे थे।
ध्यान से देखने पर पता चला कि
वह कोई काले रंग कि पतंग थी
जो पेड़ की टहनियों में उलझ कर
फट गई थी और
हवा के झोंकों से हिल रही थी
इसीलिए वह सब कांव-कांव करते हुए
वहां मंडरा रहे थे।
जब मंडराते हुए
उन्हें यह भरोसा हो गया कि
वह कोई कौआ न हो कर
एक बेजान वस्तु थी तो धीरे-धीरे
उनकी कांव-कांव कम होने लगी।
परंतु अभी भी कई कौए
उस पतंग को चोंच मार-मार कर
देख रहे थे कि शायद
वह कोई जिन्दा पक्षी न हो।
और फिर धीरे-धीरे सब शांत हो गया।
इसके बाद बचे-खुचे कौए
इकट्ठे हो कर हम पर ऐसे आ बैठे
जैसे कोई सभा कर रहे हों।
इतने शैतान पक्षी भी जब
किसी करण थक जाते हैं तो

शांत होकर आराम से बैठ जाते है।
कुछ देर एक-एक कर सब उड़ गए।
सितम्बर समाप्ति पर है।
बारिशें लगभग थम चुकी हैं।
किन्तु उमस ज्यों कि त्यों बनी हुई है।
पछवा चलने के कारण जब
बादल उलटी दिशा में भागने लगते है
तो ऐसा लगता है जैसे

खूब बरस बरस कर बादल
वापिस जा रहे हों।
वर्षा से साफ़ हो चुके वातावरण में
नीले आकाश में उड़ते
रुई जैसे सफेद बादल भले लगते हैं।
किन्तु जब आसमान
बिलकुल साफ़ होता है
तो सूरज की प्रखर किरणें अभी भी
कटखनी हो जाती हैं।
कभी-कभी तो ऐसा लगने लगता है
कि जैसे आषाढ़ फिर से लौट आया है।
उमस पसीने से तर किये रहती है
परन्तु मन को इस बात का दिलासा है
कि कुछ दिन बाद सूर्य

उत्तरायण हो जाएगा तो मौसम में
बदलाव आना शुरू हो जाएगा।

ऋतु संधि के इस काल में ही
पितरी पक्ष शुरू हो जाता है।
इन दिनों लोग विभिन्न पकवानों से
भरी थालियां उठाये
मंदिर आने शुरू हो जाते हैं
तो पता चल जाता है
कि श्राद्ध आरंभ हो चुके हैं।
पित्री पर्व के इस पक्ष को
हिन्दू बड़ी श्रद्धा के साथ मानते हैं
और शायद इसी लिए इन्हें
श्राद्ध नाम दिया गया है।
यह पर्व पित्री कर्म से जुड़ा है
इसीलिए इसे कृष्ण पक्ष में रखा गया है।
श्राद्ध पूर्णमासी से अगले दिन
आरंभ हो कर
अमावस को समाप्त हो जाते हैं।
श्राद्ध की तिथि
मृत पितृओं की मृत्यु की तिथि से
निर्धारित की जाती है
फिर उस तिथि को पितृओं के निमित

भोजन तैयार करके
ब्राह्मणों को खिलाया जाता है।
आज अमावस है
अर्थात अंतिम श्राद्ध है
आज के दिन समस्त पित्तरों के निमित्त
तर्पण किया जाता है।
आज सुबह से ही पास के मंदिर में
खूब चहल पहल है।
लोग-बाग पितृओं के पसंद के
भोजन की थालियां लेकर
हमारे ऊपर ही
अपने पित्तरों के निमित्त
तर्पण कर रहे हैं।
तर्पण के बाद गाय, श्वान, काक व
चीटों के हिस्से का खाना भी
डाला जाता है।
यह सब हमारे ऊपर
रखा जा रहा है
क्योंकि हमारे ऊपर यह सब प्राणी
घूमते रहते हैं।
सुबह से कई तरह के पकवान लेकर
लोग हमारे पास से गुजरते रहे
किन्तु किसी को तनिक भी

ख्याल न था
की हम भी बैठे हैं
क्योंकि हम ठहरे पाषाण
जो न बोल सकते
न सुन सकते हैं
न ही देख सकते हैं।

श्राद्धों के बाद
नवरात्री आरम्भ हो जाती है।
दिन भर अभी भी खूब तपिश रहती है
किन्तु प्रातः और सांयकाल
वातावरण में ठंडक हो जाती है।
असूज का महीना
कहने को शारदीय ऋतु काल है
किन्तु धूप में अभी भी
तेजी रहती है जो की
कार्तिक में जाकर कुछ कम होगी।
आज संयकाल
मौसम में कुछ ठंडक है।
हम भी सांयकाल ठंडक का
आनंद उठा रहे थे
की अचानक सामने से दो लोग

हमारे ऊपर आते दिखाई दिए।
जब वह काफी पास आ गये तो
मन ही मन हम बोले
अरें---धन्य भाग।
यह तो कोई नवविवाहित जोड़ा था
जो एकांत का आनंद उठाने
यहाँ चला आया था।
दुल्हन ने अपनी मांग में
गहरा सिन्धूर तथा बाँहों में
चमचमाता लाल चूड़ा
पहना हुआ था।
गौरवर्ण और सुन्दर दुल्हन की
श्वेत बाहों में चमचमाता
गहरे लाल रंग का चूड़ा
खूब फब रहा था।
उसने मिले-जुले
हलके गुलाबी और हरे रंगों वाली
साड़ी पहन रखी थी।
दुल्हन की पतली कमर पर बंधी साड़ी
उसके सौन्दर्य को
चार चाँद लगा रही थी।
होंठों पर चटख लाल रंग की लिपस्टिक,
गले में मंगल सूत्र तथा

चोटी के साथ बंधी
खुशबूदार कलिऑं की वेणी ने
उसे और भी आकर्षक बना दिया था।
उसका पति तो बस
उसीकी देख-रेख में खोया हुआ था।
ऊपर पहुँचते ही उसने लपक कर
उसके बैठने का स्थान
साफ किया, उस पर
अपना रुमाल बिछाया
और फिर बड़े लाड़ के साथ
दुल्हन के कन्धों पर हाथ रख कर
उसे बिठा दिया।
जैसे ही वह हमारे ऊपर बैठी
तो उसके स्पर्श से एक बार तो
हम पाषाणों की भी
धड़कने तेज़ हो गई।
व्यक्ति के जीवन का यह काल
सर्वाधिक महत्वपूर्ण होता है
जो कि वास्तव में
उसके नये जीवन की
शुरुआत होती है।
अभी तक व्यक्ति के जीवन में
स्त्री का सम्बन्ध

केवल मां, बहन अथवा
भाभी के रूप में ही होता है।
किन्तु उसके जीवन में पत्नी अथवा
अर्धांगिनी के रूप में आई स्त्री
उसे नेमत लगती है।
अब कुछेक वर्षों के लिए
उसके जीवन की केंद्र बिंदु वही रहेगी।
रात दिन वह उसके साथ के लिए
लालायित रहेगा।
किन्तु यह स्थिति जीवन भर
वहीं बनी रहती है जहाँ व्यक्ति ने
पिछले जन्म में
कोई सदकर्म किये होते हैं
वरना तो यह स्थिति
छिन्न-भिन्न होने में
अधिक समय नहीं लगता
क्योंकि गृहस्ती को
ऐसा लड्डू कहा गया है जिसे
खाने और न खाने वाले
दोनों ही पछताते है।
यह एक ऐसा आनंदजाल है
जिसमें न फंसें तो गुजारा नहीं
और फंस गये तो कोई उतारा नहीं।

नव विवाहित जोड़े को देख कर
हर व्यक्ति कुछ न कुछ सोचता है।
हमारा मन भी सोच रहा था
कि इनका स्वागत कैसे करें,
इन्हें क्या परोसें, क्या भेंट करें
और क्या शगुन दें
जिसे देख कर यह कुछ समय
के लिए खुश हो जायें
क्योंकि यही समय इनकी
यादों में बना रहेगा और बाकी का समय
जीवन भर इनको याद रखेगा।
समय इन्हें जो-जो दिखायेगा

यह उसे मुड़ कर
याद भी नहीं करना चाहेंगे।
गृहस्थी बहुत सोच समझ कर
चलानी पड़ती है।
काश हम इन्हें कुछ समझा पाते
किन्तु हम मजबूर हैं।
क्योंकि हम पाषाण हैं
न हम बोल सकते हैं,
न सुन सकते हैं,
न ही देख सकते हैं

किन्तु महसूस हम भी करते हैं
इसीलिए मुख्य किस्सा भूल कर
हम अपना दर्शन
झाड़ने लग जाते हैं।
खैर बात हम
नव विवाहित जोड़े की
कर रहे थे।
तो हमारे ऊपर बैठते ही
वह दोनों प्यार मोहब्बत की बातों में
खो गये और हम भी
उनकी बातों का आनदं लेने लगे
तभी एका-एक दूर से
ढोलक और ताली पीटने की
आवाज आने लगी।
धीरे-धीरे यह आवाज
पास आती जा रही थी।
कुछ ही देर में।
ढोलक और ताली पीटने वालों का दल
मन्दिर की ओर से
ऊपर आता दिखाई दिया।
वास्तव में यह किन्नर थे
जो ऊपर आते ही
दूल्हा-दुल्हन के पास आ धमके

और दुल्हे को उठाकर
दुल्हन से थोड़ा अलग बिठा दिया
फिर टेड़ी ताली बजाकर बोले
एय तुम क्या समझते हो
हर रोज़ घर पे ताला ठोक,
हमें ऐसे ही टरका कर
तुम यहाँ आराम से चुम्मा-चाटी करोगे
पर बन्नो इस पापी पेट के लिए
नये ब्याहों को तो
हम पाताल से भी ढूंड लायें
लड़का, जो थोड़ा परेशान लग रहा था
संयत हो कर बोला देखो भाई
यहाँ तो हम अकेले रहते हैं।
हमारे मां-बाप तो
अलग-अलग शहरों में रहते हैं।
यहाँ हम नौकरी पेशे के चक्कर में आये थे
और एक दूसरे को पसंद कर
हमनें शादी कर ली
हमने घर वालों को खबर कर दी है।
जैसे ही वह आते हैं आप भी आ जाना
इस बात पर लम्बा वाला किन्नर
ताली बजाते हुए बोला आय-हाय
मुश्किल से तो दोनों हाथ लगे हो और

इस शुभ काम को आगे टालना चाहते हो।
एक बात ध्यान से सुन लो।
सूंघ-सूंघ कर तुम लोगों को ढूंढते हुए
हम लोग बहुत मुश्किल से
यहाँ तक पहुंचे हैं।
अब तो नाच कर ही जायेंगे
शगुन निकाल के रखो।
इतना कह कर उन्हों ने
"बधाई हो बधाई"
गाना शुरू कर दिया।
इसके बाद उन्होंने "मेरे हाथों में
नौं-नौं चूड़ियाँ हैं ", "कजरा मुहब्बत वाला"
जैसे कई गाने गाए
और खूब नाचे।
सुनसान पाषाणों पर
किन्नरों का नाच-गाना सुन कर
आस-पास के लोग
माहोल का मज़ा लेने के लिए
जमा हो गए थे
रौनक मेला देख कर
हम भी बहुत खुश थे।
अचानक से टपकी
इस मुसीबत से परेशान

दूल्हा दुल्हन की हालत देख कर
लोग मज़ा ले रहे थे।
कुछ देर और नाच गा कर

पैसों के लिए किन्नर
उन दोनों के पीछे पड़ गए।
लड़के ने जल्दी पीछा छुड़ाने के लिए
जेब से पांच सौ का एक नोट
निकाल कर देना चाहा तो वह
ताली पीटते हुए बोले
वाह बन्ने वाह
नन्हे-मुन्ने तैयार करने की
इतनी सुंदर मशीन मिली है
वोह भी मुफ्त में
और हमें सिर्फ पांच सौ में ही
टरका रहे हो।
पुरे इक्कीस सौ ले कर हिलेंगे
दूल्हा-दुल्हन बेचारे इतनी बड़ी रकम
सुन कर घबरा गए।
पर किन्नर तो ठहरे किन्नर
वह न तो उन्हें
एक दूसरे के पास आनें दे रहे थे
न ही वे वहां से उठ कर जा सकते थे

कुछ देर बहसबाजी चलती रही
फिर लोगों नें दूल्हा-दुल्हन की परेशानी
देख कर वहां खड़े लोगों ने
बीच में पड़ कर मामला
ग्यारह सौ में रफा-दफा करवा दिया
पैसे खरे कर लेने के बाद
किन्नरों ने बड़ी नजाकत से दोनों को
एक साथ बिठा कर
उनकी बलैयां लीं और जाते-जाते
ताली पीटते हुए बोले
अरे बन्ना-बन्नो
साल बाद हम फिर आयेंगे
एक नन्हां-मुन्ना तैयार रखना।
इतना कह कर किन्नरों नें
अपना साजो-सामान उठाया
और चलते बने।
दूल्हा-दुल्हन नें भी चैन की सांस ली
और कुछ देर बतिया कर
वह वहां से चले गए।
इस हुल्लड़बाजी में
दो घंटे का हमारा समय भी
बड़े मजे से कट गया।
धीरे-धीरे दिन ढलने लगा तो

वातावरण कुछ शांत हो गया
तो हमें भी बहुत सुकून मिला।
कुछ देर में रात हो गई।
रात होते ही
हमारे इर्द-गिर्द की कालोनियों में
होने वाली रामलीलाओं के
लाऊड स्पीकरों से
लीलाओं की आवाजें आनी
शुरू हो जाती हैं।
नवरात्रि के पहले दो तीन दिन
श्री राम-जन्म, ताड़का वध
व सीता संव्यम्बर की लीलाएं होती हैं।
किन्तु इसके बाद की लीलाओं में
राम वनवास, दशरथ मरण, सिया-हरण,
रावण वध तथा लवकुश जैसे
गंभीर प्रसंग दर्शाए जाते हैं
जो काफी मार्मिक होते हैं।
हम देखते आ रहे हैं कि
पुराने समय से लेकर अब तक की
रामलीलाओं में काफी बदलाव
आ चुके हैं।
कोई जमाना था कि रामलीलाओं में
रामचरित मानस की चौपाइयों व दोहों को

रामलीला के साथ-साथ पढ़ा जाता था परन्तु आज
की राम लीलाओं में
फ़िल्मी डांस-गाना भी शामिल हो चुका है
जो इसकी गरिमा पर प्रहार है।
पर क्या कहा जाए बस सब चलता है।
आज कल देर रात तक हमारे आस-पास
चहल-पहल रहती है।
लोग रामलीलाओं में आते-जाते रहते हैं।
कुछ तो हमारे ऊपर से भी
होकर निकलते हैं और यहाँ बैठ कर
बात-चीत करते रहते हैं।
कई बार तो अजीबोगरीब बातें भी
हो जाती है।
एक रात जब लोग
रामलीला समाप्त होने के बाद
अपने अपने घरों को चले गए और
हम भी सोने की तैयारी में थे
कि रात एक बजे के करीब

हमारी तलहटी में एक
ऑटो आकर रुका।
आधे चाँद के मद्धम प्रकाश में
हमने देखा कि उसमें से

दो व्यक्ति उतरे
और मंदिर की साइड वाले रास्ते से
ऊपर की ओर आ गए।
उनके ऊपर आने से
हम भी अशांत हो गए और
चुपचाप उनकी गतिविधियाँ देखने लगे।
हमने देखा कि वह दोनों
मंदिर की दीवार के साथ कोने में
कपड़ा बिछा कर बैठ गए।
हल्की लौ में उनकी गतिविधियाँ
संदिग्ध सी लग रही थी।
गिलास और बोतलों के टकरानें की
आवाज़ें आ रही थीं।
हमें आभास हो रहा था कि
कुछ गलत होने वाला है।
थोड़ी देर बाद नीचे कुछ आवाज हुई तो हमनें
देखा कि हमारी तलहटी में
गश्त लगाते दो पुलिस वालों को
वहां खड़ा ऑटो नजर आया।
उन्होंनें ऑटो वाले से इतनी रात गये
वहां खड़ा होनें का कारण पूछा
तो वह बोला कि मुझे यहाँ
रुकने को कह कर

दो लोग ऊपर मंदिर गए हैं।
एक पुलिस वाले नें अपनी
घड़ी पर नज़र डाली और ऊपर की ओर देखा
मंदिर बंद था तथा
चारों और नीरवता थी।
दोनों पुलिस वाले ऊपर की ओर
आ गए और टॉर्च जला कर उन्होंनें
इधर-उधर नज़रें दौड़ाई तो
उन्हें वह दोनों व्यक्ति नग्न दिखाई दिए।
पुलिस को अपनी ओर आता देख कर
एक झट से माला फेरने लगा तो
दूसरा समाधि की मुद्रा में आ गया
और हाथ उठा कर बोला
कल्याण हो बच्चा
हमारा आशीर्वाद है।
पुलिस वाले ऐसे लोगों के बाप होते हैं।
एक सिपाही बोला
आशीर्वाद तो तुम्हें हमी दिए देते हैं।
आओ कुछ तो यहीं लो
बाकी का बड़े घर जा कर
मिल जायेगा।
इतना कह कर उन्होंनें
दोनो के नंगे चूतड़ों पर

दो-दो डंडे धरे व उन्हें
कपड़े पहनवा कर नीचे ले आये और
उसी ऑटो में बिठा कर थाने ले गए।
वहां उन्हें पुलिस का
पूरा आशीर्वाद मिल गया होगा।
रात का डेढ़ बज चुका था
वातावरण फिर से शांत हो चुका था।
सारा नज़ारा देख कर हमें भी
कुछ-कुछ समझ में आ गया था कि
वह क्या करने आये थे।
आज प्रकृति के विरुद्ध जाना
मनुष्य अपना अधिकार समझने लगा है।
एक तो ऐसा करने में
उसे कोई रोक-टोक पसंद नहीं है
दूसरे उसने अपनी
इस स्वछंदता की प्रवृत्ति को
पोषित करने, व उल्टे-सीधे
मानवाधिकारों की रक्षा हेतु
सुरक्षा घेरे विकसित कर लिए हैं।
सुरक्षा मिल जाने से उसकी यह प्रवृत्ति
सामाज के प्राकृतिक ताने-बाने को
बुरी तरह प्रभावित कर रही है।
स्वछंदता के यह मंजर यदा-कदा

यहाँ भी नजर पड़ जाते हैं
और इसके विरुद्ध होते हुए भी
हम कुछ नहीं कर पाते
क्योंकि हम ठहरे पाषाण जो
न देख सकते हैं
न सुन सकते हैं
न ही बोल सकते हैं
परन्तु महसूस हम भी करते हैं
और जो महसूस करते हैं कह देते हैं
इसीलिए अपना दर्शन झाड़े बिना

हमें चैन नही पड़ता।
अब जबकि सब शांत हो चुका था
कुछ देर करवटें बदल कर
हम भी सो गए।
हमारे पिछवाड़े की कालोनी से
कुछ दूरी पर हो रही रामलीला का
स्टेज हमें भी दिखाई दे रहा था।
आज वहां राम वनवास का
मंचन हो रहा था।
जिसके लाऊड स्पीकरों की आवाज
पछवा चलने के कारण
रात के खामोश वातावरण में

दूर-दूर तक सुनाई दे रही थी।
रामायण की लीला की ओर
भला किसका ध्यान
आकृष्ट नहीं होगा
कैकई के कहने पर भगवान राम को
वनवास के लिए भेज कर
दशरथ का विलाप
बहुत मार्मिक बन पड़ा था।
उनकी असहनीय पीड़ा में हम भी
भावुक हो गए थे
दशरथ राम पर अथाह स्नेह रखते थे।
काफी देर विलाप के बाद
श्री राम का बिछोड़ा
न सह पाने के कारण दशरथ
अपने प्राण त्याग देते हैं।
दृश्य बहुत ही मार्मिक था इसलिए
हमारा मन भी रो रहा था।
लीला समाप्त हुई तो
हमारी भी आँख लग गई
नवरात्रि के अंतिम तीन दिन
दुर्गा पूजा के नाम होते हैं।
बंगाली समुदाय द्वारा इस पर्व को
असीम श्रद्धा के साथ बहुत जोर शोर से

मनाया जाता है।
हमारे पास ही बड़े पैमाने पर
दुर्गा पूजा का आयोजन किया जाता है
और बंगाली समुदाय को बड़ी बेसब्री से
इस त्यौहार की प्रतीक्षा रहती है।
बहुत पहले से इसकी तैयारयाँ
शुरू हो जाती हैं।
कुशल कारीगरों द्वारा पूजा के लिए
भव्य पंडाल तैयार किए जाते हैं
जिनमें बड़ी मेहनत से
महीन काम करके
उन्हें सुरुचिपूर्ण ढंग से सजाया जाता है।
पंडालों की सजावट को लेकर
प्रतियोगितायें भी की जाती हैं।
पंडाल के अन्दर एक ओर
उसारे गए मंच पर दुर्गा मां की
विशाल और अलंकृत प्रतिमा
स्थापित की जाती है।
दुर्गा मां के साथ-साथ गणपति सहित
अन्य देवी-देवताओं की प्रतिमाएं भी
स्थापित की जाती हैं।
सांझ ढलते ही पंडाल में
भारी जन समूह एकत्रित हो जाता है।

ढोल बजा कर मां की आरती की जाती है
तत्पश्चात देर रात तक
गाना-बजाना, नाटक, लघु-चित्र
व अन्य शो चलते रहते हैं।
रात की ख़ामोशी में जब किसी नें
"मेरे नयना सावन भादों फिर भी
मेरा मन प्यासा" गाना गाया तो
हम भी भावुक हो गए।
वास्तव में सावन-भादों में
जब झड़ियां लगती हैं
तो हमारा हाल भी ऐसा ही होता है।
वर्षा का पानी हमारे ऊपर से भी
अश्रु-धारा की तरह बहता रहता है
किन्तु हमारा मन तो प्यासा ही रहता है।
आज सातवाँ नवरात्रा था।
सांयकाल कुछ उमस सी पड़ी और
बादलों के कारण
सूर्य जल्दी छिप गया।
उत्तर की ओर से
तीव्र हवा चलने के साथ ही
आकाश मेघाछन्न हो गया।
बिजली कौंधने की गड़गड़ाहट के साथ
भारी बौछारें पड़नी शुरू हो गईं।

इस बे मौसम की बारिश ने
त्यौहार का मजा किरकिरा कर दिया।
पलों में चारों ओर जलथल हो गया।
पंडाल और लीला के मंच सब
पूर्णतया भीग गए।
अपने साथ हुई छेड़-छाड़ से कभी-कभी
प्रकृति भी क्रुद्ध हो उठती है और
पल में ही मनुष्य को अपने समक्ष
असहाय होने का एहसास करा देती है।
त्योहारों के यह दिन भी इकट्ठी
चार-चार सीढ़ियाँ उतरते हुए भागते हैं
इसलिए पता ही नहीं चल पाता कि
कब नवरात्री निकल गई और
विजयदशमी का पर्व भी आ गया।
मन चाहता है कि त्योहारों के दिन
यों ही चलते रहें पर ऐसा संभव नहीं होता
हर त्योहार अपने तय समय में आ कर
निकल जाता है
आज पूजा समाप्त हो चुकी थी
बंगाली समुदाय दुर्गा मां को
विदा करने के लिए पूजा के पंडाल में
एकत्रित हो चुका था।
औरतें मां दुर्गा को सिंदूर लगा कर

फिर आपस में भी एक दूसरे को
सिंदूर लगा कर घरों को चल पड़ी थीं।
दोपहर बाद दुर्गा मां व अन्य देवी
देवताओं के विसर्जन की तैयारी
होने लगी थी।
कुछ ही देर में दुर्गा मां तथा
अन्य देवी देवताओं की प्रतिमाओं को
ढोल-ढमाकों के साथ
एक सजे-सजाये साफ़ सुथरे ट्रक में
विराजमान कर दिया गया।
तत्पश्चात "जय दुर्गा मैया की" के
घोषों के साथ प्रतिमाओं को
विसर्जन के लिए ले जाया गया
इसके साथ ही पूजा के पंडाल में
नीरवूता छा गई। जहां गत चार दिनों से असीम
श्रद्धा के साथ मां दुर्गा की प्रतिमा स्थापित थीं
आज वह स्थापना रिक्त था
सूरज डूब चुका था।
हमारे पिछवाड़े की झुग्गी कालोनी के
रामलीला मैदान में दशहरे का पर्व
बड़ी धूम-धाम के साथ मनाया जा रहा था
रावण, कुंभकर्ण व मेघनाद के
ऊँचे-ऊँचे पुतले पेड़ों के ऊपर से

सर निकाले दहन के लिए तैयार खड़े
नजर आ रहे थे।
जो लोग पेड़ों के पीछे मैदान तक
नहीं जाना चाह रहे थे
वह इन पुतलों का दहन देखने के लिए
हमारे ऊपर चढ़ आये थे
और जहाँ चार लोग एकत्रित हो जाएँ
वहां भला छाबड़ी वाले कैसे न पहुंचें।
सर पे रखी टोकरी में
पानी की मटकी व गोलगप्पे रखे
गोलगप्पे वाला, मूंग की पकोड़ी वाला,
भेल पूरी वाला, चाट वाला आदि
वहां पहुँच गए थे
लोगों नें उनसे चीजें ले कर
खाना शुरू कर दिया।
हमारे पिछवाड़े की झुग्गी कालोनी में
मनाये जा रहे दशहरे के मैदान से
काफी पहले
हमारी तलहटी के पास भी
कई खोमचे वाले, चीनी के लच्छों वाले,
गट्टे वाले, तीरकमान, गदा, ढालों-तलवारों,
मुखोटों व बैलूनों वालों के अलावा
चाट पकोड़ी वाले भी जमे हुए थे।

खाने-पीने की वस्तुओं की सुगंध से
हमारे मुंह में भी पानी आ रहा था
किन्तु हमें कौन खिलायेगा
हम ठहरे पाषाण
न हम बोल सकते हैं
न सुन सकते हैं
न ही देख सकते हैं।
दशहरा मैदान में
चारों ओर खड़ी लोगों की भीड़ के मध्य
खड़े पुतलों को जलता हुआ
देखने के लिए लोग उतावले हो रहे थे
की तभी एक ओर से

रामलीला के पात्र, श्री राम, लक्ष्मण, हनुमान, रावन
व दोनों पक्षों के सैनिक
जलूस के रूप में निकलते दिखाई दिए।
कुछ ही देर में वह मैदान में आ गए।
उन्हें देखते ही लोगों ने
बोल सियापति राम चन्द्र की जय के
जय घोष शुरू कर दिए।
कुछ देर तक वहां
राम और रावन का युद्ध हुआ तथा
रावन के मरने के बाद

पुतलों को जलाना शुरू कर दिया गया।
सर्व प्रथम एक-एक कर
मेघनाद व कुम्भकर्ण के पुतले
भड़भड़ा कर जल उठे
उनके बाद रावन को अग्नि दी गयी।
रावन के पुतले में ज्यादा ही बारूद
भरा गया था इसलिए आग लगते ही
होने वाले ठा भड़ाम से
तहलका सा मच गया
पुतलों के दहन होते ही भीड़ छटने लगी
और देखते ही देखते
मैदान खाली होने लगा।
बहुत से लोग सदा की तरह
जल चुके रावन के ढांचे से बांस का
जला हुआ टुकड़ा पाने को लपके जा रहे थे शायद
उसे घर में रखना
शुभ माना जाता है जबकि भारी हुजूम
अपने-अपने घरों की ओर चल दिया।
बड़ी संख्या में लोग
हमारे ऊपर से हो कर निकलने लगे।
इन लोगों के साथ हमेशां की तरह
वानरों व राक्षसों के मुखोटे लगाए बच्चे थे
जो कि ऐसे मेलों को जीवंत रखते हैं।

बच्चों ने हाथों में प्लास्टिक के तीरकमान, गदा व
तलवारें उठा रखी थी
जिनसे वह जाते-जाते खेल रहे थे। कुछ के
हाथों में चीनी के बने
गुलाबी लच्छे, बर्फ की चुस्कियां, गट्टे,
खट्टे-मीठे चूरन व बुलबुले आदि थे।
हम सोच रहे थे कि
हमारे समाज का यही वर्ग है
जो हमें किसी संस्कृति को
जीवित रख उसके दर्शन कराता है
वरना अपने ऐशो-आराम को छोड़ कर
हर साल कौन इतनी भीड़-भाड़
और उमस भरे वातावरण में
यह सब देखने के लिए आता है।
यही वर्ग भारत की संस्कृति से बंधा है और उसे
अगली पीढ़ी को
सौंपता आ रहा है।
इन बच्चों को देख कर हमें
जो आनंद आ रहा था
वह ब्यान नहीं किया जा सकता
हर वर्ष आने वाले इस मेले का
हम भी आनंद उठा रहे थे
हमारी शाम अच्छी कट गई।

संध्या ढल चुकी थी।
शीघ्र अँधेरा छाने लगा था।
मेला देख कर घर पहुंचे थके-हारे लोग
खा-पी कर जल्दी सो गए
हमारे इर्द-गिर्द चुप्पी छा गई और
हम फिर से सुनसान हो गए
बस इधर-उधर से आती
इक्का-दुक्का पटाखों की आवाजें
शांति भंग कर रहीं थीं।
आज हम भी शीघ्र सोने की कोशिश में थे कि तभी
संध्या के धुंधले अँधेरे में
नीचे से दो परछाइयां
ऊपर की ओर आती दिखाई दीं
कुछ ही पल में वह हमारे पास पहुंची
तो देखा कि उनमें
एक 40-50 वर्ष सीधी-साधी औरत थी
जबकि दूसरी
दु:खी नजर आने वाली एक बुढ़िया थी।
दोनों ऊपर आ कर
हमारे सामने एक पत्थर पर बैठ गई।
बैठते ही बुढ़िया हीईईई....हीईईई....करके
रोने लग गई।
दूसरी, जो शायद उसकी बेटी थी,

बोली अरी अम्मा मैंने भला-अच्छा तुम्हें
बस में बिठा कर भाई के हियां भेजा था
फिर तूं हियां काहे को लौट आई।
अम्मा बोली तू तो जाने है
मोको बूढ़ों जान के काम से निकार दियो
जो आखिरी पैसो मिल्यो
किछु हियां खाए पिये पे खर्च हो गयो
और बाकी गाम का किराया पर लग गयो
बेटवा के हियां पहुंची तो बो बोल्यो
पूंजी कहाँ है बुढ़िया
पैसो तो सगरो बेटी पे लुटा दियो
अब हियाँ का करबे को आई हो
जाओ बेटी के पास ही रहो।
बेचारी फिर हीईईई..... हीईईई.... करके
रोते-रोते बोली
तब तो मेरे पास चार पैसे बचे थे
सो जैसे-तैसे मैं वापस तेरे हियां आ गई।
बेटी बोली बो तो ठीक है अम्मा
पर मैं भी तुम्हें कैसे बिठाऊं
अपने जमाई को तो तुम जानो हो
रोज़ हंगामा करेगो गारी देगो।
बुढ़िया बेचारी सिसकियाँ भर-भर के
रोये जा रही थी।

बेटी बोली गाम में भाई के हियां चली जा
गाम में तिहार घर है कछु खेती भी है।
बुढ़िया बोली ख़ाक है।
सब बेटवा अपनों नाम करबाए लियो ए
अब मोहे कौन पूछत है।
बेटो भी न रखता तूं भी न रख
क्या होवेगो मर ही जौंगी न।
इतना कह कर
बुढ़िया फिर से हीईईई.... हीईईई कर
रोने लग गयी।
मां को रोते देख बेचारी बेटी क्या करती
वह भी रोने लग गयी।
बात हमारी समझ में आ गयी थी।
बुढ़िया बेचारी शहर में झाड़ू पोचा करके
अपना पेट पाल रही थी।
अब बुढ़ापा आ गया तो।
काम उतना अच्छा न हो पाने के कारण
मालकिनों ने निकाल दिया होगा।
मालकिने इन बेचारियों का काम
आँखें फाड़-फाड़ कर देखती रहती हैं
ताकि कहीं कोई गलती मिले
तो इन्हें लताड़े
पैसे भी इन बेचारियों को

मालकिनों की मर्जी से मिलते हैं।
हिम्मत करके मांग भी ले तो
"कल ले जाना" का जवाब मिलता है।
और यदि मिल भी जाएँ
तो रास्ते में बैठा लाला झाड़ लेता है।
तथा शेष बचे पर
जमाई हाथ साफ़ कर लेता है।
और अब जब काम से छुट्टी हो गई तो
बस ईश्वर ही सहारा होता है
क्योंकि इन बेचारियों को
कोन सी पेंशन मिलती है।
आखरी वेतन से कुछ दिन चल जाता है
फिर तो बच्चों का ही सहारा होता है।
पर लगता है इस मतलबी संसार में
बुढ़िया को कोई भी
सहारा देने को राजी नहीं था।
इस उम्र में बुढ़िया की हालत देख कर
हमारा दिल भी पसीज रहा था।
हमारा बस चलता तो
उसे यहीं अपने पास रख लेते
किन्तु क्या करते
हम ठहरे पाषाण
जो न देख सकते हैं,

न सुन सकते हैं,
न ही बोल सकते हैं
पर हम महसूस जरुर करते हैं।
इसलिए हम उसके दुःख में दुखी थे
कि बेचारी का होगा क्या।
काफी देर तक रोने के बाद बेटी उठी तो
उसके साथ से धक्के खाती
बुढ़िया भी उठ खड़ी हुई।
आज हम त्रस्त थे क्योंकि
यह स्पष्ट था की बुढ़िया को
सहारा देने वाला कोई नहीं था अतः
बेचारी चुप-चाप बेटी के पीछे चल पड़ी।
हम प्रार्थना करने लगे कि शायद
इससे इसके बेटे बहु या दामाद का मन
फिर जाय और वह इसे रख लें।
हम तो बस अधिक से अधिक
यही कर सकते थे अतः
'भरे मन से प्रार्थना में लीन हो गये।

धीरे-धीरे रात गहराई तो हम
बुढ़िया की चिंता में
सोने का उपक्रम करने लगे
और करवटें बदलते - बदलते न जाने कब

हम निद्रा की गोद में समा गए।
सुबह नींद खुली तो
हलकी-हल्की पछवा के कारण
ठंडक बनी हुई थी
इस लिए हमारी फिर से आँख लग गई।
हम दोबारा उठे तो
दिन काफी चढ़ आया था और
अच्छी खासी धूप खिली हुई थी।
धीरे-धीरे ठंडक समाप्त हो गई और
हम उठ कर बैठ गये।
हमने अभी आँखें खोली ही थी की
हमने देखा एक हृष्टपुष्ट शूकर
तेजी से भागता हुआ ऊपर आ गया।
हमने देखा कि उसके पीछे-पीछे
चार लड़के भी भागते हुए ऊपर आ गये ऊपर आ कर
उन्हों ने शूकर को
चारों ओर से घेरना आरम्भ कर दिया।
अब धीरे-धीरे घेरा छोटा करते हुए
वह शूकर के निकट आते गये
फिर एकाएक वह चारों
शूकर पर पिल पड़े।
शूकर भी काफी बलवान था
अतः वह जैसे ही गुर्राता हुआ

एक ओर से निकल भागने को उद्दत हुआ
उनमे से एक ने लपक कर
उसकी एक टांग पकड़ ली।
शूकर बहुत जोर से चिल्लाने लगा।
तभी अन्य तीनों लोग
उस शूकर पर पिल पड़े और उसे
पूरी तरह काबू कर लिया।
शूकर अब भी जोर से चिल्लाते हुए
अपना मुंह मोड़ने की कोशिश कर रहा था।
लगता था वह किसी को काट खायेगा।
किन्तु वह चरों लड़के
काफी अनुभवी लगते थे क्योंकि उन्होंने
उसके थूथन को पकड़ कर
उसपर रस्सी बाँध दी
इसके बाद उन्होंने छोटी-छोटी
मजबूत रस्सियाँ निकाली
और उसके आगे और पीछे के
दोनों पैरों को मजबूती से बाँध दिया।
शूकर अब पूरी तरह असहाय हो चुका था।
उसकी चिल्लाहट में अब
करुणा का भाव आ गया था।
अब वह सहायता के लिए चिल्ला रहा था।
और उछल-उछल कर

अपना शारीर पटख रहा था।
यह शोर शराबा सुन कर दो चार लोग
वहां इकट्ठे हो गये थे।
उन्हें शूकर पर दया आ रही थी
किन्तु वह कुछ कर नहीं सकते थे
क्योंकि शूकर के मालिक
वहीं पास में बैठ कर बीडी पी रहे थे।
जब वह जाने लगे तो
लोगों को सावधान करते गये कि
वह बहुत खतरनाक हो चुका है इसलिए
कोई भी उसके पास मत जाए।
उन लोगों की बातों से हम जान चुके थे
कि आज उस शूकर का अंतिम दिन था।
लोग कह रहे थे की
कल इसे मार कर इसका मांस बेचा जाएगा।
यह सुनने के बाद हम
दुःख में डूब गये।
लोगों को शूकरों के पीछे भागते हुए तो
हमने कई बार देखा था।
किन्तु आज तो हमारे सामने उसे
घेर कर पकड़ा और बाँध कर
हमारे ऊपर ही डाल दिया गया था।
पहले उसके मालिक और फिर

धीरे-धीरे और लोग भी चले गये तो
बार-बार हमारे सामने उसका चिल्ला उठाना
हमे दुखी कर रहा था।
पर हम उसकी क्या सहायता कर सकते थे।
क्योंकि हम पाषाण
न सुन सकते थे,
न देख सकते थे,
न ही बोल सकते थे।
शाम तक उस शूकर के करुणा भरे रुदन को
हम सुन-सुन कर दुखी होते रहे।
अंत में सूर्य ढलने को हुआ तो
उनमें से दो लड़के एक लम्बा सा बांस लिए
वहां आ गये।
सुबह से भूखा प्यासा पड़ा शूकर

अब निढाल हो चुका था
और धीमी आवाज में अब भी गुर्रा रहा था।
उस निरीह प्राणी को देख कर
हम दुखी थे।
शूकर के पास आते ही उन्होंने
बांस का वह डंडा
उसकी बंधी हुई टांगों में फंसा कर
उसके छोर अपने कन्धों पर रख लिए

और पीछे की ओर से
नीचे उतरते हुए बस्ती की ओर चल दिए।
सारा नजारा देख कर हम सोच रहे थे
बेचारे शूकर को यह लोग मारेंगे तो बाद में,
उस बेचारे का जनाज़ा इन्होंने
पहले ही निकाल दिया।
शूकर के संत्रास में हमारा सारा दिन
दुखी रहते हुए निकला।
रात गहराई तो कहीं जा कर
हमारी आँख लगी।
मौसम धीरे-धीरे बदलता जा रहा था।
सुबह शाम ठंडक हो जाती
किन्तु दिन भर कटखनी धूप और
गर्मी की स्थिति बनी रहती।
दशहरे के बाद तो जैसे
त्योहारों का तांता लग जाता है।
यह त्योहार न जाने कितने वर्षों से
ऐसे ही चले आ रहे हैं
परन्तु इन्हें मनाने में रत्ती भर भी
बदलाव नहीं आया।
महर्षि वाल्मीक जन्म दिवस, पूर्णिमा, करवाचौथ,
अहोई, धन तेरस,
छोटी दिवाली, बड़ी दीवाली, भैयादूज,

गोवर्धन पूजा, अन्नकूट जैसे
ढेरों त्योहार शुरू हो जाते हैं
और जल्दी-जल्दी निकल भी जाते हैं।
आज स्त्रिओं का विशेष त्योहार
करवाचौथ था जिसकी उन्हें
ख़ास प्रतीक्षा रहती है क्योंकि
इस दिन सजना सवरना
आवश्यक होता है।
सुहागने करवाचौथ के दिन
आपने पति की दीर्घायु के लिए
उपवास करती हैं जो की प्रातः
सितारों की छाया से आरम्भ होकर
सांयकाल चंद्रमा के निकलने तक चलता है
इस लिए सभी सुहागने
प्राताकाल तारों की छाँव में
सर्गी (प्रातः का कलेवा) कर लेती हैं।
इसमें विशेष रूप से तैयार किए गये
खाने के साथ फेनिओं की
खीर खाने का भी रिवाज़ है।
सुहागने प्रातः अँधेरे में उठ कर
भोजन तैयार कर पहले मंदिर में
देने के लिए थाली तैयार कर रख देती हैं
फिर खुद भली प्रकार से

भोजनकर लेती हैं क्योंकि इसके बाद
दिन भर खाना-पीना वर्जित होता है।
दोपहर ढलते ही उपवासी स्त्रियाँ
व्रत पूजने के लिए
तैयारी करने लग जाती हैं
लग जाती हैं,
सोलह शृंगार के साथ विशेष वस्त्र पहने जाते हैं
पूजा की थाली तैयार की जाती है
जिसमें सूखे मेवे विशेषकर बादाम,
अखरोट आदि के साथ
बड़े आकार की मट्ठियाँ व
शगुन के रूपये रखे जाते हैं।
हमारे पूर्वी छोर पर बने मंदिर में
आज के दिन दोपहर के बाद
विशेष चहल-पहल रहती है।
शाम के चार बजते ही
सोलह शृंगार किये सुहागिनों के साथ
प्रशिक्षणार्थी युवतियां भी आ जाती हैं
क्योंकि शादी के बाद करवाचौथ का
व्रत करने के लिए उन्हें इससे बढ़िया
प्रशिक्षण कहाँ मिलेगा।
सांय चार बजे तक पचास-साठ स्त्रियाँ
व्रत पूजन के लिए एकत्रित हो गई।

पंडित और पंडिताइन ने भी
बार-बार कथा बांचने से
छुटकारा पाने के लिए कथा की

सीडी मंगवा के रखी हुई थी
अतः 15-20 स्त्रियों के ग्रुप को
व्रत पूजवाने के लिए वह
सी डी चला देते
15-20 मिनट में कथा पूरी हो जाती तो कथा के
लिए दूसरा ग्रुप बैठ जाता।
दो घंटे तक मंदिर में खूब
चहल-पहल रही और कथा के बाद
सभी सुहागने अपने-अपने घर चली गई
अब सभी को चाँद देख कर ही
जल ग्रहण करना होता है।
चाँद निकलने में अभी लगभग
दो-ढाई घंटे का समय था
फिर भी व्रत समाप्ती का समय
निकट आता देख कर मुरझाये चेहरों पर
फिर से चमक आने लगी थी।
समय बिताने के लिए यह सभी
अब प्रसाद, चरणामृत व खाना आदि
बनाने में लग जयेंगी।
जैसे ही आठ बजे हमारे ऊपर से

दूर पूरब में धूसर सा चाँद
दिखाई देने लगा था
जबकि घरों की छतों से चाँद
15-20 मिनट देरी से नज़र आता है।

काश आज यदि हमारी भी पत्नियाँ होती
और उन्होंने हमारे लिए
व्रत किया होता तो अब तक
छलनी से चाँद के दर्शन कर अर्ग देकर
जल ग्रहण कर चुकी होती और
हमें भी सब कुछ नसीब हो जाता
हम और भी दीर्घायु हो जाते
किन्तु हमारे ऐसे भाग्य कहाँ।
हम सब सोच कर ही खुश हो रहे थे
कि हमारी और आने वाले
रास्ते के निकट नीचे की मंजिलों में
रहने वाली सुहागनों का एक ग्रुप
पूजा की थालियाँ उठाये
हमारे ऊपर चढ़ आया तो
उनके शृंगार को देख कर हमारी धडकने
भी तेज हो गयी।
मेहँदी रचे हाथों में उठाई थालियों में
दिए व प्रसाद आदि रखा था और

चाँद की एक झलक पाने के लिए
उन्होंने छलनियाँ भी उठा रखी थीं
बहुतों के साथ उनके पति व बच्चे भी थे
जिन्होंने बाकी का सामन उठा रखा था।
ऊपर आते ही उन्होंने
अपनी-अपनी थालियाँ हम पर रख दी
और उनमें रखे दीये जला लिए
फिर परिपाटी के अनुसार
अपनी-अपनी छलनियों से
चाँद के दर्शन किये तथा
थालियों में रखे आटे के
चौमुखी दीये जला कर
चाँद की आरती उतारी
फिर पानी मिले दूध से
चाँद को अर्ग दिया और शुद्ध घी की
मीठी चूरी का प्रसाद लगवाया।
जब तक यह काम होते रहे
साथ आये उनके पति
समझदार बच्चों की तरह
उनके सब आदेश मानते रहे।
कुछ तो टॉर्च पकड़े खड़े रहे तो
कुछ अपनी पत्नियों के फोटो
क्लिक करते रहे।

अर्ग और पूजा आदि के बाद
सुहागिनों ने अपने-अपने
पतियों के पाँव छुए जो शायद
आज के दिन ही दिखाई देता है।
पतियों ने भी इसके लिए उन्हें आज
दिल खोल कर आशीर्वाद दिए।
हम मंत्रमुग्ध से हुए
कभी उनके शृंगार को
तो कभी उनके पतियों के
संतोष भरे चेहरे देख रहे थे।
अंत में सभी सुहागिनो ने आटे से बने
अपने-अपने जलते हुए चोमुखी दीयों को
अपने उलटे हाथ पर रख कर
अपने पीछे की और फेंक दिया।
इसके बाद आदेश मिलने की
प्रतीक्षा में खड़े पतियों ने
साथ लाया गया सब सामन उठाया
और पत्नियों के पीछे-पीछे
मंदिर के रस्ते नीचे उतर गए।

ऐसे अवसरों पर
हमें बड़ी प्रसन्नता होती है।
हमारा मन चाहता है कि त्योहार

ऐसे ही चलते रहें
पर ऐसा कहाँ होता है।
त्योहार निर्धारित समय पर ही आते हैं
और निकल जाते हैं
वैसे इन दिनों त्योहारों की
ऐसी लड़ी लगती है कि एक के बाद एक
त्योहार चलते ही रहते हैं और
इस मौसम के त्योहारों में
ठा... भड़ाम की आवाजों के साथ-साथ
आसमानी गोले व राकेट आदि भी,
चलते रहते हैं
इन्हीं दिनों मनाए जाने वाले
हिंदुओं के एक त्योहार को तो
हम कभी भी नहीं भूल सकते
हमने सुना है कि जब 14 वर्ष के वनवास
के बाद राम लंका जीत कर वापस
अयोध्या लौटे थे तो उनके राज तिलक
पर लोगों ने अपने घरों पर दिए जला कर
प्रकाश किया जो आज भी किया जाता है।
जिसका नाम दिवाली है।
इतनी आतिशबाजी चलती है कि
पटाखों की आवाज एक पल के लिए
भी रुकने का नाम नहीं लेती।

हमने देखा है कि दिवाली एक
ऐसा त्यौहार है कि
जिसे राजा से रंक तक
सभी बड़ी श्रद्धा व ज़ोर-शोर से मनाते है।
वास्तव में इस दिन
लक्ष्मी पूजन किया जाता है।
इसीलिए कई दिन पहले ही
घरों की लिपाई-पोताई, रंग-रोगन व
सफाई आदि शुरू कर दी जाती है।
नये-नये वस्त्र सिलवाये जाते हैं और
घर की सजावट का सामान खरीद कर
घर को खूब सज़ाया जाता है।
यह सब लक्ष्मी देवी को प्रसन्न करने के लिए
किया जाता है।
इन दिनों भारी खरीदारी के कारण सामान्य
नौकरी-पेशा लोगों के घरों से तो
लक्ष्मी उड़ जाती है
किन्तु छोटे-बड़े सभी व्यापारियों के घरों में
लक्ष्मी वास्तव में पधारती है।
यह त्योहार ही ऐसा है की
कहीं भी कुछ भी रख के बैठ जाओ
आपका सारा का सारा सामान
हाथों-हाथ बिक जाता है।

क्योंकि जितनी खरीदारी व
उपहारों का आदान-प्रदान
इस त्योहार पर होता है शायद ही
किसी अन्य त्योहार पर होता होगा।
इन्हीं दो-चार दिनों में व्यापारियों के
लाखों के वारे-न्यारे हो जाते हैं।
इस त्योहार से कई दिन पहले ही
लोग अपने घरों पर
बिजली से रोशनी कर देते हैं।
रंग-बिरंगी बिजली की लड़ियों से
मकानो के अग्र भाग, बल्कोनियाँ व
छतें आदि जगमगा उठती हैं
लोग-बाग़ गृह प्रवेश तथा नई दुकान व
व्यापार इसी दिन से शुरू करते हैं।
नवंबर शुरू हो चुका था और
सुबह-साम हल्की ठंड होने लगी थी।
आज दिवाली थी और सुबह चार बजे ही
ठा-भड़ाम की आवाजें आनी शुरू हो गई थी
इस दिन तो प्रातः सबसे पहले उठकर
पटाखे चलाने की होड़ सी ही लग जाती है
दिन निकलने के साथ-साथ
पटाखों की आवाजें भी बढ़ने लगी।
सूर्योदय के साथ ही लोग-बाग फिर से साफ-सफाई

के काम में लग गए।
झाड़-पोछ व रंग-रोगन के काम
कई जगह अभी तक चल रहे थे।
संपन्न लोग अपने सब काम
श्रमिकों से कई दिन पहले ही करवा कर
एक ओर हो जाते हैं
किन्तु आम आदमी को तो सभी
छोटे-मोटे काम खुद ही करने होते हैं
अतः त्योहार के दिन भी वह
घर के काम में ही लगे हुए थे।
हफ़्तों पहले शुरू की गई खरीदारी
आज भी जारी थी
जैसे-जैसे दिन ढलता जा रहा था
लेट-लतीफ़ लोग आज भी पूजा के सामान,
मिठाई, उपहार व लाइटें और तोरण आदि

खरीद कर घरों को भागने की कर रहे थे।
संध्या ढलते ही सबके द्वार
लाइटों, फूलों व रंगोलिओं से सज गये।
द्वारों पर शुभ दीपावली के बैनर
लगा दिए गये।
द्वारों को आम्रपत्रों व तोरणों से
सजाया गया था।

बड़े घरों में छत से जमीं तक
लम्बी लड़ियां लटकाई गयी थीं।
खिड़कियों, बाल्कनियों, सेहनो,
यहां तक की झाड़ियों व पेड़ों पर भी
लड़ियां डाल दी गयीं।
हमारे आस-पास की कालोनियों में तो
घूमने फिरने तथा
जगबुझ करने वाली लाइटों से
घरों को सजाया गया था।
जैसे ही रात हुई लोगों ने
खाना आदि खा कर ठीक समय पर
लक्ष्मी पूजन आरम्भ कर दिया।
दिवाली पर लक्ष्मी पूजन को
लोग अपनी श्रद्धानुसार संपन्न करते हैं।
पूजा के लिए बहुत से लोग
लक्ष्मी-गणेश की सस्ते धातु की
प्रतिमाएं रखते हैं, जबकि धनि-मानी
सोने-चांदी की प्रतिमाएं पूजा में रखते हैं
किन्तु आम आदमी मिटटी की
प्रतिमाओं का पूजन करके ही
संतोष कर लेते हैं।
पूजा के लिए सजाई गई चौकी पर फल-फूल,
मिठाई, मेवे व अन्य पूजन सामग्रियां रख, थाली में

धूप-दीप जला के
प्रतिमाओं को दूध-दही से नहला कर
चन्दन व रोली का टीका किया जाता है।
आज लोगों ने लड़ियों से जगमगा रहे
छतों व बाल्कनियों में घी अथवा
तेल के दिए भी जलाए थे
चारों ओर दूर-दूर तक जगमग-
जगमग हो रही थी।
हम वहीं नही आराम से बैठे
दिवाली का नज़ारा देख रहे थे
तभी एक ओर से कुछ
खानाबदोश किस्म के लोग
हमारे ऊपर आ गये।
उन्होंने अपने थैले में से कुछ
खाने-पीने का सामान व कुछ पैकेट निकाले
फिर उन्होंने हमारे ऊपर इधर-उधर
कई मोमबत्तियां जला दीं तथा
शराब पीने बैठ गए।
पीने के बाद उन्हों ने खाया-पीया
फिर पटाखे छोड़े और
ताश निकाल कर
मोमबत्तियों की रोशनी में
बैठकर खेलने लगे।

काफी देर तक उनकी ताश चलती रही फिर कुछ
देर बातें करने के बाद
वह वहां से चले गये।
हमारा मन भी
यह सब करने को कर रहा था
किन्तु हम मजबूर थे क्योंकि
हम ठहरे पाषाण
न हम देख सकते हैं
न सुन सकते हैं
न ही बोल सकते हैं
फिर भी हम खुश थे की चलो
जैसे-तैसे हमारे यहाँ भी
दीवाली मन ही गई।
हमारे आस-पास की कालोनियों में
आतिशबाजी शुरू हो चुकी थी
एक पल में सैंकड़ो धमाके
सुनाई दे रहे थे।
चारों ओर आकाश में भी रंग-बिरंगी
आतिशबाज़िओं के फव्वारे फूट रहे थे।
रंग-बिरंगी रोशनियों तथा
व्हिसल वाले रॉकेट
बहुत ऊपर जा कर फटते थे तथा
आकाश को रंगीन कर रहे थे।

नो बजते ही दिवाली
पूरे योवन पर आ चुकी थी।
पटाखों के धुएं से
वातावरण धुन्धला सा होने लगा था।
पटाखों के कारण होने वाले
प्रदूषण को लेकर कई बरसों से

आतिशबाजी पर रोक लगाने की मांग
की जाती रही है किन्तु इस विषय में
कुछ खास नहीं हो पाया।
ऐसा लगता है कि लोगों के लिए
दिवाली और आतिशबाजी एक दुसरे के
पर्याय बन चुके हैं।
दोनों का जैसे एक दुसरे के बिना
अस्तित्व ही नहीं है।
कुछ देर बाद धुआं और गहरा गया
जिससे वायु मंडल प्रदूषित हो गया था
फिर जैसे-जैसे रात गहराती गई
आतिशबाजी का जोर भी कम होता गया।
बस दूर-दराज से इक्का-दुक्का
ठा-भड़ाम की आवाजों के साथ-साथ
शांत आकाश में राकेटों के फव्वारे
नज़र आ रहे थे।

त्योहार की भागदौड़ व पटाखों की
ठा-भड़ाम से थका हारा शहर शीघ्र ही
नींद की गोद में समा गया।
हम भी सोने की तैयारी करने लगे।
दिवाली की रात कभी भी
पूरी तरह से शांत नहीं होती।
लेट-लतीफ़ लोगों द्वारा छोड़े गये
पटाखों की भूली-भटकी आवाजें अभी भी
नीरवता को भंग कर रही थीं।
कुछ देर करवटें बदल कर
हम भी सो गए।

दिवाली और उस से जुड़े त्योहार
निकलते ही जन जीवन में
एक तरह से शिथिलता सी आ जाती है।
क्योंकि यह दिन
इतने खर्चीले होते हैं कि लोगों को
त्योहार पर मिले बोनस के साथ-साथ
उसकी साल भर की जमा पूंजी भी
खर्च हो जाती है और बस
सब खरीददारियां समाप्त हो जाती हैं
तथा वातावरण भी शांत हो जाता है।

दिवाली को निकले
दो सप्ताह से ऊपर हो चुके थे और
उत्तर भारत में सर्दी घुसने को आतुर थी।
दिन छोटे हो जाने के करण
संध्या जल्दी ढलने लगी थी अतः
इन दिनों लोगों का
हमारी और आना-जाना कम हो गया था।

आज शांत और कुछ उदास सी शाम थी
हम रात के गहराने की
प्रतीक्षा कर रहे थे ताकि सो सकें कि तभी मंदिर के
पीछे की और से आ रही
क़दमों की आवाज ने
नीरवता को भंग कर दिया।
हमने देखा कि
दो नवयुवक भारी से डग भरते
धीरे-धीरे उपर की और आ रहे थे।
इकहरे बदन वाले दोनों नवयुवक,
जो लगभग 24-25 वर्ष के रहे होंगे
उपर आ कर
सामने के पत्थरों पर बैठ गये।
उनमें से एक काफी मायूस लग रहा था
जबकि दूसरा कुछ संयत था।

कुछ पल खामोश रह कर
मायूस से दिखने वाले युवक से
दूसरा बोला
"हां भाई जीवंत अब बताओ कि तुमने
आत्म हत्या, अर्थात एक लड़की को लेकर
अपना जीवन समाप्त करने की
कैसे ठान ली।
जीवंत बोला जिसे तुम
एक लड़की कह रहे हो वह मेरे लिए
सब कुछ है।
दूसरा बोला वह केवल तुम्हारे लिए ही
सब कुछ है
यह सोचे समझे बिना कि
तुम्हें अपना सब कुछ समझने के लिए
उसके रास्ते में
कितनी रुकावटें, कितनी मुश्किलें हैं
मुहं उठाकर आत्महत्या करने
चल पड़े हो।
शायद तुम नहीं जानते कि
हमारे समाज में
अधिकतर लड़कियां अभी भी
ब्याह शादी के मामले में स्वतंत्र नहीं हैं।

उन्हें अपने रिश्ते के लिए
मां-बाप पर निर्भर रहना पड़ता है।
फिर उनके रास्ते में
कहीं जात बिरादरी व घरबार का
बंधन है तो कहीं
वर की वृत्ति को लेकर बात नहीं बन पाती
अपनी बेटी का भविष्य भली प्रकार
सुनिश्चित करने की उत्कट इच्छा
हर मां बाप की होती है।
वैसे आजकल लड़कियां भी बहुत
बुद्धिमान हो चुकीं हैं
आजकल प्यार में तड़प और
ठंडी आहों का जमाना नहीं रहा।
आज का युवा वर्ग
ठोस धरातल पर खड़े होकर
अपना भविष्य
सुनिश्चित कर लेना चाहता है।
और यही उचित भी है।
और हाँ एक बात याद रखना कि
मां बाप द्वारा पक्के किये गये रिश्ते
अटूट होते हैं।
इसलिए मेरे भाई जहाँ से मंजिल
स्पष्ट न दिखे

वह रास्ता ही छोड़ देना चाहिए।
अरे तुम जो करने जा रहे हो
क्या वह करना ही
तुम्हारी समस्या का समाधान है।
कभी अपने नाम का
अर्थ भी जाना है तुमने।
मां-बाप ने कितने प्यार से तुम्हारा नाम
रखा था 'जीवंत' अर्थात जिन्दा।
और तुम अपना नाम मिटा कर
मुर्दा होने जा रहे थे।
यह जान लो कि किसी के
दुनियां से चले जाने से
प्रलय नहीं आ जाती और न ही
वह लड़की अपने लिए तुम्हारे द्वारा
जान देने की बात किसी को बताएगी।
यह दुनियां बड़ी जालिम है।
तुम्हारे चले जाने पर
इसे कोई फर्क नहीं पड़ेगा।
फर्क पड़ेगा तो केवल
तुम्हारे बूढ़े मां बाप को, तुम्हारी बहिन को
जिनकी तुम्हारे इस कृत्य पर
रो-रोकर घिग्घी बंध जायेगी।
उन्हें कोई दिलासा देने वाला भी नहीं होगा

मित्र द्वारा भाव शांत करने पर
जीवंत को बहुत सांत्वना मिली।
हमने देखा कि मित्र की बातें सुन कर
जीवंत की आँखों से अश्रुधारा बह निकली
मित्र की ओर देख कर वह
रोते-रोते बोला "तो तुम्हीं बताओ कि
मैं क्या करूँ?
मित्र बोला ठंडा दिमाग लेकर घर जाओ
और मां बाप व बहिन के साथ बैठ कर
भविष्य के बारे में कोई
सकारात्मक बात-चीत करो
रही तुम्हारी शादी की बात
तो वह अपने मां-बाप पर छोड़ दो।
वैसे भी तुम जैसे सजीले युवक को
अपनी पसंद की लड़की
मिल ही जायेगी।
बस शादी करके अपना घर बसाओ
और अपने मां-बाप का जीवन
खुशियों से भर दो।
हमने देखा कि मित्र की बातों से
वह युवक सामान्य हो रहा था।
कुछ देर रुक कर
उसका मित्र फिर से बोला

भाई मैं तो हैरान हूँ कि लोग
आत्महत्या करने की
सोच भी कैसे लेते हैं।
आज हर रोज आत्महत्या की
ख़बरें आ रही हैं।
एक ओर तो आज मनुष्य अति व्यस्त बन चुका है।
उसके पास सोचने तक का समय नहीं होता।
उसे एक से बढ़ कर एक
सुविधा उपलब्ध है, सभी कठिनाइयों के
समाधान उसे मिल जाते हैं।
किन्तु दूसरी ओर
वह इतना असहाय हो जाता है कि
इतना उग्र कदम उठाने को
तैयार हो जाता है।
कोई परीक्षा में फेल हो गया,
किसी को मां-बाप के लादे हुए

पाठ्यक्रम पसंद नहीं,
किसी को मन पसंद नौकरी नहीं मिली
और कोई किसी तो कोई
किसी दबाव को न सह पाने के कारण
अपनी जान देने पे तुल जाता है।
अरे कोई ऐसी स्थिति आती है तो उस पर

घर परिवार से बात तो करो
तुम्हें कई समाधान मिल जायेंगे।
मेरे विचार में तो ऐसा सोचना
एक मानसिक रोग मात्र है जिसे
अपने पास फटकने भी मत दो।
अरे अपने मन में।
ऐसी स्थिति ही मत से बनने दो
की परिस्थिति से घबरा जाओ।
जिन्दगी में कोई भी समस्या आये
उसे एक तरफ कर
हमेशा उसके समाधान के विषय में सोचो।
समस्याएं जीवन के साथ जुड़ी हुई हैं
और सदा अपना समाधान लेकर
पैदा होती हैं।
मनुष्य को तो बस उपयुक्त समाधान
खोजना होता है।
मित्र का इतना समीचीन उपदेश
वास्तव में काम कर गया जिसे सुनकर
जीवंत पूरी तरह
सामान्य स्थिति में आ गया।
जब कभी हमारे ऊपर लोग
इस तरह के संकट व तनाव भरी समस्याएं लेकर
आ जाते हैं तो

हम भी तनाव में आ जाते हैं।
उन दोनों के यहां आने और
जीवंत के एक लड़की को लेकर
आत्महत्या की ओर प्रवृत्त होने की बात
सुनने के बाद से हम
काफी असहजता अनुभव कर रहे थे।
किन्तु उसका मित्र जिस प्रकार से
उसे उपदेश देकर
सामान्य स्थिति में ले आया था
हम उसके कृतज्ञ हो गये थे
हमने ईश्वर से प्रार्थना की
कि वह ऐसा मित्र सब को दे।
रात हो चुकी थी अतः कुछ देर तक
सामान्य बातचीत करने के बाद
वह दोनों उठ खड़े हुए और
धीरे-धीरे नीचे की ओर चल दिए।
हम भी तनाव से बहर आ गये थे
चारों ओर शांति छाई थी।
निद्रा हमारे उपर हावी होने लगी थी
और..... हम सो.....ग..... ...ये।
सांझ की ठंडक ने
हमारी झपकी तोड़ दी।
जोर पकड़ रहे ठन्डे मौसम में भी लोग अपनी हर

तरह की समस्याओं पर
बातचीत करने हम पर आ बैठते हैं।
आज भी एक मर्द तथा औरत
हमारी ओट में आ बैठे।
औरत पहले से ही नाक भौं चढ़ाए थी
व मर्द भी तनाव में दिख रहा था।
कुछ पल मौन बीतने के बाद
मर्द ने ही पहले मुंह खोला।
वह बोला देखो
घर-गृहस्थी क्रोध दिखाने से नहीं चलती।
अब गुस्सा छोड़ो और सब भूल जाओ
घर गृहस्थी में यह सब तो
चलता ही रहता है।
आखिरकार हमें रहना तो वहीं है।
यह सुन कर औरत तमतमा कर बोली
वहां रहना तुम्हीं को मुबारक
मैं तो वहां अब एक पल भी
नहीं रह सकती
इस बुढ़िया ने तो मेरा जीना
हराम कर रखा है।
मर्द बोला चाहे कुछ कह लो
है तो वह मेरी मां
और इस नाते वह तुम्हारी भी तो कु .....
औरत बीच में ही बोल पड़ी

न-न मेरी वह कुछ भी नहीं लगती।
यदि लगती होती तो यह स्थिति न आती।
मर्द बोला ऐसा कैसे हो सकता है
सास मां के बराबर होती है।
वह बोली देखो ऐसी मां

तुम्हीं को मुबारक
मेरी तो वह पक्की शत्रु है।
मर्द बोला देखो ऐसा मत कहो
और गुस्सा थूक दो
घर में दो बर्तन होंगे
तो वह खड़केंगे ही।
यदि आप दोनों में कोई ग़लतफहमी है
तो आराम से घर बैठ कर
उसका समाधान हो सकता है।
औरत बोली समाधान वहां होता है
जहां दोनों पक्ष समझ रखते हों।
यहाँ तो वह बुढ़िया
अपने परों पर पानी ही नहीं पड़ने देती।
मर्द की सहनशक्ति अब जवाब दे गयी थी
वह झुंझला कर बोला
यार तुम तो बात को मुफ्त में
बढ़ाए जा रही हो।

औरत गुस्से में बोली
मैं क्या बात को बढ़ाऊँगी
बात तो कब की बढ़ी हुई है
और अब यह थमने वाली नहीं है।
मर्द अपने गुस्से को दबाते हुए बोला
अरे यार मैं तुम्हें
इस शांत जगह पर इस लिए लाया हूँ
कि तुम मेरी सुनो ही मत?
देखो जरा ठन्डे दिमाग से सोचो
फिर बोलो की हम एक दम
यहाँ से कहाँ जा सकते हैं
यहाँ अपना घर है।
कल को हमारे बच्चे भी होंगे
तो यहाँ उनकी देख-भाल
अच्छी तरह से हो जायेगी क्योंकि
यहाँ उन्हें सँभालने के लिए
मां, पिताजी व मेरी छोटी बहन भी है।
वह बोली वह सब तुम्हीं को मुबारक
और मैं कहे देती हूँ कि
जल्द से जल्द कोई मकान देख लो
वरना मैं तो
अपनी मां के पास चली जाउंगी
और रही बात बच्चों की

तो भूल जाओ यह सब
मैं यहाँ बच्चे पैदा नही करने वाली।
पति ने देखा कि वह क्लेश को
जितना मिटाने की कोशिश कर रहा है
वह उतना ही बढ़ाती जा रही है।
तो उसने खीझते हुए कहा
चलो छोड़ो भईया संध्या उतर आई है
आओ घर चलते हैं।
इस पर पत्नी ने झुंझला कर कहा
कौन सा घर? इसे घर कहते हैं
जहाँ न दिन को चैन है न रात को।
साफ़-साफ़ सुन लो मैं तो अब वहां
बिलकुल नहीं रहने वाली।
अब पति को भी ताव आ गया।
उसने उठकर पत्नी का हाथ पकड़ा
और कहा चलो चलें।
पत्नी ने जैसे ही झटक कर
अपना हाथ छुड़ाया
पति ने उसे एक झांपड रसीद कर दिया।
झांपड खा कर पत्नी उबल पड़ी
और उसने दो-चार हाथ
अपने ही माथे पर मार लिए
व चीखने को हुई थी कि पति ने

उसे एक झांपड और रख दिया।
पत्नी वहीं पत्थरों पर बैठ कर
जोर-जोर से रोने लगी।
हम कब से मूक बने
उनका तकरार सुन रहे थे।
लड़की अपनी जिद पर अड़ गई थी
जबकि लड़का अपने तर्क पर अडिग था।
परन्तु अपनी-अपनी जिद पर अड़े रहने से
गृहस्ती नहीं चलती।
वैसे तो हमें लड़की का इस प्रकार से
जिद पर अड़े रहना
सही नहीं लग रहा था परन्तु लड़के का इस प्रकार
से हिंसा पर उतर आना
तो कतई ठीक नहीं था
लड़की पर उसको हाथ उठाते देख कर
हमारा मन बीच में पड़ने को हो रहा था
किन्तु मजबूर थे
क्योंकि हम ठहरे पाषाण
जो न देख सकते हैं,
न सुन सकते हैं,
न ही बोल सकते हैं।

अतः बस पाषाण बने सब देखते रहे।
औरत को थप्पड़ मारने के बाद

पति भी शर्म महसूस कर रहा था अतः
खिसिआते हुए उसने सन्तवना के लिए ज्योही
पत्नी के कंधे पर हाथ रखते हुए बोला
पत्नी ने झटककर उसका हाथ हटा दिया।
पति ने देखा अभी पत्नी उबल रही थी
अतः कुछ देर रुक कर वह बोला देखो
क्रोध में समस्या ने कितना भद्दा
रूप ले लिया।
पति फिर से उसके कंधे पर
धीरे से हाथ रखकर बोला
मैं तुम्हें कितने आराम से समझा रहा हूँ
की चलो घर चलते हैं क्योंकि घर से
फोन भी आ रहे हैं
किन्तु तुम हो कि समझने का
नाम ही नहीं ले रही हो।
अरे एक दम घर छोड़ कर भागना
क्या आसान है क्या?
पहले घर चलेंगे, बैठेंगे और
मामला बात-चीत से
निपटाने की कोशिश करेंगे। और
यदि सारी कोशिशें बेकार हो जाती हैं
तो फिर तो घर छोड़ना ही है।
ऐसे मामले गरम दिमाग से

हल नहीं होते बल्कि
दिमाग ठंडा रख कर ही बात बनती है।
पति की सांत्वना भरी बातें सुन कर
पत्नी कुछ सहज हो गई।
अँधेरा होने लगा था अतः धीरे से
दोनों उठ कर घर की और चल दिए।

हम सोच रहे थे कि
गृहस्थी बसाने में सुख कम तथा
समस्याएं अधिक होती हैं।
वैसे भी तीव्र गति से बदल रही
इस नई सदी में
गृहस्थी की परिभाषाएं बदल चुकी हैं।
वास्तव में घर-गृहस्थी के
मायने ही बदल चुके हैं।
आज ऐसे भाग्यशाली बच्चे कम ही हैं
जिन्हें दादा-दादी, नाना-नानी, चाचा-चाची
ताऊ-ताई, बुआ व मोसियों आदि जैसे
रिश्तों का साथ उपलब्ध है
वरना एकाकी परिवारों में
इन संबंधों का न तो कोई अधिक
महत्व रह गया है
न ही बच्चों को इन रिश्तों की

गरिमा का भान रह गया है।
व्यावसायिकता वाले इस युग में
युवा युगलों के रहने के रंग-ढंग
आज वह अपने लिए
एक कैकून बुनकर उसी में रहकर
सारी सुविधाएं प्राप्त करना पसंद करता है और
केवल जरुरत के समय ही
उससे बहार आना चाहता है।
उसे अपने व्यस्त जीवन में
किसी की दखल सहन नही है।
उन्हें अपने कक्ष यहाँ तक
कि अपने शौचालय का भी
किसी के द्वारा प्रयोग सहन नहीं है।
उनके तीव्र गति से भागते हुए जीवन में
कोई रुकावट या व्यवधान न बने
शायद इसी लिए उन्हें बड़े बूढ़ों का
साथ भी पसंद नहीं।
पर उन्हें शायद इस बात का ज्ञान नहीं
कि परिवार के वरिष्ठ लोगों से दूर रह कर
वह कितने अमूल्य अनुभवों से
वंचित रह रहे हैं।
बूढ़ों ने कौन सा उनके पास
सदा के लिए बने रहना है।

आज हैं पर कल की ईश्वर जाने।
जो इन्हें अपने जीवन प्रवाह में रुकावट
और अपनी भागती हुई दिनचर्या में
व्यवधान मानते हैं शायद उन्हें
यह नहीं पता कि बूढ़े और बुजुर्ग
एक बहुत बड़ी शक्ति हैं, आशीर्वाद हैं, और परिवार
के लिए ढाल का काम करते हैं। यह वह ग्रन्थ हैं
जिन्हें पढ़ने व संभाल कर रखने से
घर का अमंगल भागता है
घर में सुख-शांति और समृद्धि आती है।
घर के मंदिर में
सुबह-शाम धूप-बत्ती जलती है,
भजन और आरतियाँ सुनाई देती हैं,
रौनक लगी रहती है और
मनहूसिअत उड़न छू हो जाती है।
और विभिन्न परिस्थितियों में
जीवन जी जाने का उनका
अनुभव तो एक अमूल्य थाती है।
ऐसे मंजरों पर अपना दर्शन झाड़ना
हमारी मज़बूरी बन चुकी है
इसीलिए हम कहाँ से कहाँ आ पहुंचे।

रात उतरी तो सामने पड़ने वाली
पानी की टंकी के पीछे से

धूसर सी काया लिए चाँद निकल आया
और हम सदा की तरह उसे
निहारने लग गए।

जब से माघ चढ़ा था
सर्दी भी बढ़नी शुरू हो गई थी।
ठण्ड के कारण बार-बार हमारी नींद
ख़राब हो रही थी।
ऐसे ही सोते जागते आधी रात निकल गई
तभी हमारी बाईं और की पगडण्डी से
कुछ लोग ऊपर आते दिखाई दिए।
पास आने पर देखा कि उनमें
एक बुढ़िया, एक मर्द व एक लड़की थी।
वह तीनों हमारी बायीं ओर की
चट्टानों कि ओट में बने घास-फूस वाले स्थान के
पास रुक गये।
आधे चाँद की मद्धम रोशनी में
हमने देखा कि बुढ़िया हाथों पर
कुछ उठाये हुए थी।
हम सोच ही रहे थे कि यह सब क्या है
कि तभी किसी नवजात के
रोने की आवाज आने लगी।
हमने ध्यान से देखा कि वह बुढ़िया

एक नवजात को उठाये हुए थी।
जैसे ही वह रोया
बुढ़िया ने झट से उसके मुंह के साथ
दूध की बोतल लगा दी
नवजात शिशु शांत हो गया।
बुढ़िया के कहने पर
मर्द ने पत्थरों की ओट में
एक छोटा सा कम्बल बिछाया
फिर उसपर एक और लत्ता बिछा कर
एक बिछोना तैयार कर दिया।
फिर बुढ़िया ने बच्चे को वहां लिटा दिया।
बेचारी लड़की के मन में
न जाने क्या चल रहा था
इसकी किसको परवाह थी।
बच्चे को वहां असहाए छोड़ते देख
वह रोने को हुई तो बुढ़िया ने
उसे डांट कर पीछे धकेलते हुए कहा
अब अपने कलंक को देख रो रही हो।
तब तुम्हें यह सब याद नहीं आया
जब अपने यार के साथ
घर से भागी थी।
मर्द बोला इससे नादानी में
भारी भूल हुई है परन्तु यह समय

इस बेचारी को कोसने का नहीं
जो भी आगे करना है करो
और यहाँ से निकलो।
बुढ़िया ने लेटे हुए बच्चे की बगल में
एक छोटा सा तकिया रख कर उस पर
दूध की बोतल टिका दी
बच्चा निप्पल को मुँह में लेकर
पुच- पुच कर उसे चूसने लगा।
मामला हमारी समझ में आ गया था
किन्तु इस निर्दोष मासूम के साथ
जो किया जा रहा था
वह ठीक नहीं था।
उस लड़की ने एक बार फिर से
उस मासूम को छूना चाहा तो बुढ़िया ने
उसे परे धकेल दिया।
फिर बुढ़िया के आदेश पर सब
नीचे की ओर चल पड़े।
बेचारी लड़की बार-बार मुड़कर
पीछे की ओर देख रही थी।
उसका चेहरा उसके हृदय की
वेदना दर्शा रहा था।
किन्तु शायद हर कुंवारी मां के साथ
घर वाले यही करते हैं।

नीचे उतरते हुए वह लोग
धीरे-धीरे आँखों से ओझल हो गए।
वे तो चले गए परन्तु हमें
असीम चिंता तथा कष्ट में डाल गये।
भय और हृदय विदारण वाली उस स्थिति से
हम संतृप्त हो गए।
हमारी आँखों से निद्रा भाग चुकी थी।
हमें यही चिंता सताए जा रही थी
कि कहीं यह शिशु
किसी कीट पतंग या जानवर का
शिकार न बन जाए।

दूर हमारे पश्चिमी छोर से गीदडों के चिल्लाने की
आवाजें आ रही थीं।
इधर कुत्ते भी उनकी आवाजें सुनकर निरंतर भौंके जा रहे थे।
हम चिंतातुर थे कि यदि यह
ऊपर की ओर आ गए तो
शिशु को हानि पहुंचा सकते हैं
हम अपलक चारों ओर दृष्टि गाढ़े थे
कि तभी दो चार कुत्तों का एक दल
ऊपर की ओर आ गया।
हम डर गये कि यदि शिशु रो दिया
तो कुत्तों को उसका पता चल जाएगा

और फिर यह आवारा कुत्ते
उसे नोच डालेंगे।
किन्तु कहते हैं न कि
"जा को राखे साइयां...
कुत्ते बच्चे की ओर आ ही रहे थे
कि नीचे उन्हें दूसरे इलाके के
कुछ कुत्ते नजर आ गए।
बस फिर क्या था
वह सभी गुस्से से गुर्राते हुए
उनकी और टूट पड़े
तथा उन्हें दूर तक खदेड़ने के लिए
उनके पीछे भाग गए।
हमे फिर से कुछ सांत्वना मिली।
रात आधी से अधिक बीत चुकी थी
पर हमारी आँखों में नींद कहाँ।
हम ईश्वर से यही प्रार्थना कर रहे थे
कि शिशु आराम से सोया रहे और
यह काली रात ठीक-ठाक निकल जाये
हमें डर था कि जाग जाने पर
उसके रोने से कुछ गलत न घट जाये।
रात का तीसरा पहर शुरू हुआ
तो ठण्ड बढ़ गई।
अब हमें यह चिंता सताने लगी

कि कहीं शिशु को ठण्ड न लग जाए
हर पल हम सोच रहे थे कि
इसकी सुरक्षा के लिए कुछ करें
किन्तु हम पाषाण
जो न बोल सकते हैं
न सुन सकते हैं
न ही देख सकते हैं
इस नन्हीं सी जान की चिंता के अलावा और कर
भी क्या सकते थे
सुबह होने की इन्तजार में रात भर
हमने आँख भी झपक कर नहीं देखी थी की तभी
हमारे पीछे दूर बसी कलोनिओं से
किसी मस्जिद से आजान सुनाई दिया
जो सुबह होने का पैगाम दे रहा था।
हमारे पूर्वी छोर पर बने मंदिर की
बत्तियां अचानक जल उठी।
शायद आरती का समय निकट था अतः
मंदिर का पुजरी उठ गया था।
कुछ ही पल में
भजनों की केसेट चला दी गई।
पहला गाना बजने लगा
"जागो मोहन प्यारे" और उधर
वह नन्हां शिशु भी जाग गया था।

वह हाथ पांव हिला रहा था और
बिलकुल ठीक-ठाक था।
सब सुन देख कर हमारा मन
गद-गद हो गया।
हम मन ही मन ईश्वर का
कोटि-कोटि धन्यवाद कर रहे थे
कि उसने शिशु की रात
सही सलामत निकाल दी।
कुछ देर में भजन बंद कर पंडित जी ने
आरती शुरू कर दी।
कुछ भक्त लोग सुबह-सुबह आ कर
आरती में सम्मिलित हो गए थे।
आरती समाप्त हुई तो पंडित जी ने
माघ महत्तम की कथा कही।
अभी अँधेरा ही था कि तभी बच्चे ने
रोना शुरू कर दिया।
शायद उसे भूख लगी थी इसीलिए
हमारे ह्रदय कसमसा रहे थे।
मन कर रहा था कि हम उसे
गोदी में लेकर दूध पिलायें परन्तु
हम ठहरे पाषाण जो
न देख सकते हैं,
न सुन सकते हैं,

न ही बोल सकते हैं
अतः ईश्वर से प्रार्थना और
प्रातः की प्रतीक्षा के अतिरिक्त

हम और कर ही क्या सकते थे।
पूर्व में मद्धिम सी लाली ने
सूर्य देव के आगमन की सूचना
क्षितिज पर उकेर दी थी
धीरे-धीरे प्रकाश फैलने लगा तो
मंदिर में श्रद्धालुओं का
आवागमन भी बढ़ने लगा।
कुछ लोग आ रहे थे तो कुछ लोग
प्रसाद व चरणामृत लेकर
वापस जा रहे थे कि
तभी स्त्री पुरुष का एक जोड़ा.
जो शायद पति-पत्नी थे, दोशाले लपेटे
मंदिर आ गया।
भगवान् के आगे माथा टेकने के बाद वह
मंदिर की ओर से हमारी और
घूमने आ निकले।
ऊपर आ कर जैसे ही उन्होंने
किसी शिशु के रोने की आवाज सुनी,
वह चोकन्ने हो कर इधर-उधर देखने लगे

तभी उनकी नजर
हमारी ओट में पड़े हाथ-पाँव हिला कर
रो रहे बच्चे पर पड़ी।
हैरान-परेशान से वह दोनों।
लपक कर बच्चे के पास पहुँच गये।
प्रवृत्तिवश महिला ने जाते ही लपककर
शिशु को उठाया और
अपनी गोद में ले लिया।
स्त्री की गोद का सानिध्य पाकर
शिशु एक दम चुप हो गया।
वह मुँह मारते हुए जैसे स्तन खोजने लगा
स्त्री ने तत्काल उसे अपने सीने से लगाकर
उसे दूध पिलाना आरम्भ कर दिया
मर्द अभी तक हैरान-परेशान सा
आँखे फाड़े सब देख रहा था।
स्त्री ने कहा देखते हो
ईश्वर ने हम निसंतानों की कैसे सुनी
और यह प्रातः के फूल सी सुन्दर कन्या
आज हमें भेंट कर दी।
मर्द बोला ईश्वर की महिमा का
मैं क्या बखान करूं
उसकी तो महिमा ही न्यारी है
जिसने इस साक्षात लक्ष्मी से

तुम्हारी गोद भर दी।
आज से यह हमारी बेटी हो गई
इसे हमसे कोई जुदा नहीं कर पायेगा
हम स्तब्ध से चुपचाप सब देख रहे थे।
और मन ही मन में सोच रहे थे
ईश्वर ने बच्ची को
कितने सुपात्र और सुरक्षित हाथों में
सोंपा था।
कुछ ही देर में सूर्योदय की लालिमा
चारों और फैलनी शुरू हो गई।
वह दोनों बच्ची को लेकर
मंदिर के रास्ते घर चले गए।
इस त्रासदी के सुखद अंत से
हमारा संत्रास और तनाव भी
समाप्त हो गया।
सारी रात नींद से उनींदी हमारी पलकें अपने आप
नीचे गिर गईं
और हम निद्रा की गोद में समा गये।
शीतकाल भी पंख लगा कर आता है।
मार्घशीर्ष निकल चुका था।
अच्छी-खासी ठण्ड पड़ गई थी और
धूप भाने लगी थी।
आज सुबह अच्छी धूप निकली तो

हम गरमाने के लिए बैठ गये।
तभी चार-पांच लोगों का एक दल
ऊपर आ गया।
वह सभी सफ़ेद पेंट-शर्ट व टोपी पहने थे।
उन्होंने गले में कैमरे, दूरबीनें
व पेन लटका रखे थे।
ऊपर आते ही उन्होंने अपनी-अपनी
दूरबीनों से चारों ओर
नजर दौड़ानी शुरू कर दी
कई दृश्यों को उन्होंने दोनों हाथों के
अंगूठों को जोड़ कर उँगलियों से
फ्रेम बना कर कई कोणों से देखा
फिर उन्हें कैमरों में कैद कर लिया।
इसके बाद उन्होंने दृश्य, गाने
और स्थल के बारे में चर्चा की फिर
वहीं बैठ कर आपस में गहरी मंत्रणा की
व उंगलिओं के इशारों से
दूर-दूर के दृश्यों को इंगित किया।

तत्पश्चात हमारी सर्वाधिक ऊँची जगह से
हमारी दाएं-बाएं की ढलानों पर नजर डाली
फिर उन्होंने अपने साथ लाया हुआ
पानी तथा अन्य पेय पिए

दो चार सिगरेटें फूंकी और सभी
इधर उधर दृष्टि डालते हुए
चलने के लिए उठ खड़े हुए।
जाते-जाते वह आपस में
सोमवार से शूटिंग आरम्भ करने की
योजना बनाते जा रहे थे।
हमे फिल्मों से सम्बंधित सभी बातों का
लोगों से पता चलता रहता है
क्योंकि बरसों से लोग हम पर बैठ कर
इनके हर पहलु पर बातें कर जाते हैं
इसीलिए उनकी बातों से हमें अंदाजा हो गया था कि
यह कोई फ़िल्मी लोगों का दल था
जो किसी फिल्म की
शूटिंग के लिए स्थल आदि
निर्धारित करने के लिए आया था।
फ़िल्में आधुनिक युग की
एक विस्मयकारी उपलब्धि हैं।
यह अलग बात है की
हमने कभी फिल्म नहीं देखी।
फिर भी हम बरसों से
इनके सम्बन्ध में सुनते आ रहे हैं।
मनुष्य ने अपने मनोरंजन के लिए
नाटक, नृत्य व गाना आदि तो

सदियों पहले रच लिया था।
किन्तु इन सबके चलते-फिरते व
नाचते-गाते सजीव चित्र
हज़ारों लोगों को एक साथ
पर्दे पर दिखाने की विधा भी
मानव मस्तिष्क की ही खोज है
आज विश्व के
लगभग सभी देशों में
एक बहुत बड़ा व्यवसाय बन चुकी है व
लाखों लोग इसमें कार्यरत हैं।
मंच पर दर्शाए जाने वाले
नाटक, नृत्य व गाने तथा फिल्म में
मुख्य भेद यही है की
पहली तीनों विधाएं सजीव हुआ करती थीं तथा
इन तक बहुत कम लोगों की
पहुँच हुआ करती थी।
इसे देखने की व्यवस्था
केवल बड़े-बड़े नगरों में ही थी और
वहां के कुछ नामी-गरामी लोग ही
इनका आनंद उठा सकते थे
किन्तु जब इन कार्यक्रमों के चलचित्र
बनने आरम्भ हुए तो उन्हें
छोटे-मोटे कस्बों में भी पर्दे पर दिखाया जाना शुरू हो

गया।

इन्हें देखने में खर्च भी बहुत कम आता था
अतः मनोरंजन की यह विधा उन्नत होकर
कालांतर में इतनी लोकप्रिय हो गई
कि आज इसे दर्शाने के लिए
हर छोटे-बड़े कसबे में छविगृह बन गये हैं
जिनमें हज़ारों दर्शकों के बैठने की
व्यवस्था होती है और इनमें
चलचित्र दिखाए जाते हैं जो मनोरंजन का
एक आम साधन बन गया है।
अंततः वह सोमवार आ ही गया
जिसकी हम पिछले
तीन दिन से प्रतीक्षा कर रहे थे।
प्रातः की सख्त ठण्ड ने
खुले आसमान की छत के नीचे सोये
हम लोगों की नींद जल्दी खोल दी।
सूर्य देव की लालिमा बिखरते ही
हम उठ कर बैठ गए।
कई दिन से हम पर फिल्म की शूटिंग
देखने का भूत सवार था इसलिए
उठते ही हमारी नज़रें
सामने की ओर से ऊपर आने वाले
रास्ते पर ही टिकी थीं की तभी

उपर की ओर आने वाले रास्ते के पास नीचे दो
छोटी लारियाँ आ कर रुकीं।
कुछ ही पल में मजदूर वहां से
विभिन्न तरह के तारों के केबल, जेनरेटर सेट,
कुर्सियां, मेज, रस्सियाँ, बक्से,
रंग बिरंगी छतरियां, कम्प्यूटर,
फ्लड लाइटें, रिफ्लेक्टर, कैमरे, स्टैंड, दरियां, साउंड
सिस्टम, भोंपू और
न जाने क्या-क्या उठा कर
हमारे ऊपर ले आये।
जब सब सामन ऊपर आ गया
तो वर्कर उसे सेट करने में लग गए
दोपहर एक बजे तक सब सेट हो गया
तो सब का लंच ब्रेक हो गया
लंच लेने के कुछ देर बाद
कुछ सहायक-निर्देशक, कैमरामैन,
साउंड रिकार्डिस्ट, सेट डिज़ाइनर, मेकअप - मैन
तथा स्पॉट बॉय आदि
अपने-अपने काम में व्यस्त हो गए।
सहायक निदेशक दोनों हाथों से फ्रेम बना
लोकेशन सेट करने में लीन हो गए।
लगभग साढ़े तीन बजे
नीचे दो बड़ी कारें आ कर रुकीं

जिन में से निदेशक, उसका सहायक,
मेकअप मैन व दो औरतें उतर कर
ऊपर आ गये।
उनके आते ही सब अलर्ट हो गये।
वह सब रंगीन छतरियों के नीचे
नामों के बोर्ड लगे तय स्थानों पर
जाकर बैठ गये।
कुछ देर में पानी-वानी पीकर निदेशक ने अपने
सहायकों द्वारा सुझाई गयी लोकेशनो की जांच की
फिर अपनी टीम के साथ बैठ मंत्रणा की
इसके बाद निदेशक ने
अपने सहायक को हीरो व हिरोईन को
फोन लगाने को कहा।
बारी-बारी से दोनों को फोन लगा कर
उसने निदेशक से उनकी बात कराई।
निदेशक ने उन्हें शॉट के लिए बुला लिया।
कुछ ही पल में कैमरामैनो ने
तीन सपाटों पर फिट किये कैमरों को
सेट किया और वहां खड़े हो गए।
पराम्प्टर तथा संवाद निदेशक भी
संवादों की प्रतियां ले कर
अपने-अपने स्थान पर खड़े हो गए।
स्पॉट बॉयज रिफ्लेक्टर व

फ्लड लाइट्स के साथ अलर्ट होकर
खड़े हो गए।
निदेशक ने उठ कर सभी ओर दृष्टि डाली
व अच्छी तरह से निरीक्षण करने के बाद
अपने दांये हाथ का अंगूठा उपर करके
सबको आश्वस्त किया।
अब देर थी तो बस हीरो-हिरायन के
हो वहां पहुंचने की।
हम भी इस वीरान स्थान पर हो रही
इतनी बड़ी हलचल से बहुत रोमांचित थे
क्योंकि आज तक अपने ऊपर
हमने इतना बड़ा आयोजन
होते नहीं देखा था।
हमारा मन उन प्रसिद्ध हीरो हिरायन की
एक झलक पाने को उतावला हो रहा था।
हमारे इर्द-गिर्द की बस्तियों में
रहने वाले लोगों को भी हमारे उपर
होने वाली शूटिंग की
भनक लग चुकी थी इसलिए वह
चारों ओर एकत्रित होना शुरू हो गए थे।
किन्तु सभी और तैनात सुरक्षा कर्मिओं ने
उन्हें ऊपर आने से रोक दिया था।
इस लिए वह दूर से ही

इस ओर आँखे टिकाये खड़े थे।
आज उन्हें हम पाषाणों से
रश्क हो रहा था।
क्योंकि आज हम पूरी तरह से
शूटिंग में शामिल थे
जबकि वह दूर से बस ललचाई नजरों से
इधर देख रहे थे।
एकत्रित लोग, विशेषकर युवा
सुरक्षा में सेंध लगाने की फिराक में थे।
किन्तु वह जहाँ से भी कोशिश करते
खदेड़ दिए जाते।
अंततः कुछ आस-पास के पेड़ों पर तथा
कुछ पानी की टंकी पर जा चढ़े।
साथ लगती कालोनी की छतें भी
लोगों से भर गई।
हमे भय सताने लगा की बेध्यानी में
कोई दुर्घटनाग्रस्त न हो जाए।
हम यह सब सोच ही रहे थे कि
नीचे अचानक हलचल बढ़ गई।
क्योंकि नीचे तीन-चार गाड़ियाँ रुकी थीं
जिनमें एक वेनिटी बस थी,
एक गाड़ी में सिक्यूरिटी स्टाफ तथा
एक में बाउंसर थे।

एक अन्य भस्म रंगी लम्बी गाड़ी,
जिसके पर्दे गिरे हुए थे
उसमें शायद हीरो हिरोइन थे।
जैसे ही गाड़ियां रुकीं
सबसे पहले सुरक्षा कर्मियों ने अपना-
अपना मोर्चा संभाल लिया।
हीरो हिरोइन का व्यक्तिगत स्टाफ
उनके स्वागत के लिए खड़ा था।
उनमें से एक ने जैसे ही बढ़ कर
कार का दरवाजा खोला,
बाउंसर अलर्ट हो गए।
उनके गाड़ी से बाहर आते ही दो लोगों ने
सटाक से दो छाते खोल कर
उन पे तान दिए और उन्हें ऊपर ले आये।
उफ़ क्या तो उनका रूतबा था।
उनके दमकते चेहरे, बढ़िया ड्रेस, आँखों पर
काले चश्मे व चारों और फैली
विदेशी परफ्यूम की सुगंध।
हम आँखें मल-मल कर उन्हें देख रहे थे।

ऊपर आते ही उन्हें
सन अम्ब्रेला के नीचे नेम प्लेटें लगी
उनके लिए निर्धारित

आराम कुर्सियों पर बिठा दिया गया।
उनके बैठते ही
फाइव स्टार होटल के स्टाफ ने उन्हें पानी तथा
अन्य कई किस्म के पेय परोसे।
कुछ देर में निदेशक उठ कर
हीरो हिरोयन के पास गया और उन्हें
कुछ आवश्यक बातें समझाई।
फिर उसने तीनों तरफ खड़े कैमरामैनो को
कुछ बातें समझाई और
सहायक निदेशक को अपने दायें हाथ का अंगूठा
उपर करके इशारा दिया जिसके बाद
सहायक निदेशक ने
सब को अलर्ट कर दिया।
मेक-अप मैन ग्रुप शीशे व अन्य
साज सामान लेकर हीरो हिरोयन के पास
पहुँच कर उनके मेकअप को संवारा
उन्हें शीशे दिखाए व एक और हट गये।

निर्देशक के कहने पर
हीरो तथा हिरोयन शाट देने के लिए उठकर
हमारे सामने के सपाट स्थान पे
दो पत्थरों पर आमने-सामने बैठ गये।
सहायक निर्देशक ने भोंपू के साथ

सभी संबंधितों को आवश्यक निर्देश दिए
एक व्यक्ति क्लैपर ले कर
खड़ा हो गया।
फिर निर्देशक के इशारे पर उसने
एक दम क्लैपर दिया और
निर्देशक के एक्शन कहने के साथ ही
लड़की बोली " देखो मैं तुम्हारे लिए अपना घर
परिवार नहीं छोड़ सकती।
तुम जानते हो की मैं एक लड़की हूँ।
लड़का " हाँ भाई मैं जानता हूँ
कि तुम वह लड़की हो जिसकी साँसें
मेरे दिल की धड़कन हैं,
जिसकी सूरत मेरी आँखों की रोशनी है।
कभी सोचा है की
मैं तुम्हारे बिना कैसे रह पाऊंगा।
इतना कह कर वह लड़की का हाथ
अपने हाथों में थाम लेता है
वह हाथ छुड़ाना चाहती है परन्तु
हीरो उसका हाथ छोड़ना नहीं चाहता
तभी गाना बज उठता है।
लड़की " देखो सूरज डूब रहा है
छोड़ो मुझको जाने दो
लड़का लड़की की ओर हाथ करके "देखो

निकला चाँद हमारा
सूरज को अब जाने दो....
दो चार रिटेक के बाद जब वास्तव में
एक ओर सूरज डूब रहा था,
तो दूसरी ओर चाँद निकल रहा था
गाना फिल्मा लिया गया।
कुछ देर मुख्य स्टाफ के साथ
चाय आदि लेने के बाद हीरो-हिरोयन को
उनकी कार तक पहुंचाने के लिए
बाउंसर आ गए।
हीरो-हिरोयन की एक झलक पाने को
नीचे काफी लोग एकत्रित हो गए थे।
पुलिस तथा सिक्यूरिटी को
उन्हें सँभालने में काफी कठिनाई का
सामना करना पड़ा क्योंकि लोग

हीरो-हिरोयन की एक झलक पाने को
उतावले हो रहे थे
किन्तु बाउंसरों ने बड़ी सावधानी से
उन दोनों को गाड़ी में बिठा दिया
और गाड़ियां घरघराती हुई निकल गईं।
ऊपर पैकअप शुरू हो चुका था।
कुछ देर में निर्देशक और

उसका सहायक स्टाफ भी निकल गया।
शेष स्टाफ को सामान बांधते
अँधेरा हो चला था कि
तभी घरघरा कर जनरेटर चल पड़े तथा
एक साथ कई लाईटें जल उठीं।
पूरा पैकअप होते-होते
लगभग नों बज चुके थे।
जब सारा सामन बाँध कर
ट्रकों पर लाद दिया गया तो जनरेटर भी
बंद कर दिए गए और
इमरजेंसी लाइट्स जला कर सब और
नजर मारने के बाद यूनिट का
शेष स्टाफ भी नीचे जा कर
ट्रकों पर सवार हो कर निकल गया।
हम हैरान से बैठे थे
जैसे कि कोई सपना देखा हो।
हमने चारों ओर नजर दौड़ाई सब शांत था
वह जाने से पहले कचरा
साफ़ कर गये थे किन्तु अभी भी
कुछ कचरा बिखरा पड़ा
इतना भव्य कार्यक्रम यहाँ रोज
कहाँ होता है इसलिए हम बहुत खुश थे।
उस गौरवर्ण तनुकाय हिरोयन का

मेकअप से दमकता चेहरा
रह-रह कर हमारी आँखों में कोंध जाता
उनकी प्यार भरी बातें व गाने में
एक दूसरे के प्रति प्यार का प्रदर्शन
बार-बार हमारी आँखों में घूम जाता।
हमें तो अब भी इस बात का
विश्वास नहीं हो रहा था की
हमने इतने पास से फिल्म बनते देखी।
वरना सोचो की हम पाषाण
कभी फिल्म देखने सिनेमा हाल
जा सकते हैं क्या?
सब कुछ एक दिवा स्वप्न सा
निकल गया और हम
काफी देर तक
दिन भर की चहल-पहल के बारे में
सोचते रहे फिर न जाने
रात कब उतरी और कब सरकने लगी
पता ही नहीं चला क्योंकि
हम सो चुके थे।

अगले दिन प्रातः की तेज ठंडक से
हमारी नींद खुली तो
काफी दिन निकल आया था।

हमारे ऊपर इधर-उधर बिखरे
शूटिंग के कचरे को देख कर हमारी
बीते कल की यादें ताजा हो गयीं।
हिरोइन का मेकअप से दमकता चेहरा
हमे फिर से याद आ गया।
हम सोच रहे थे कि
यदि हम पाषाण न होते
तो हम शूटिंग वालों की
दिल खोल कर सहायता करते।
वह हमारे यहाँ आये थे इसलिए
हमसे जो भी बन पड़ता
उन्हें उपलब्ध कराते,
उनके किसी न किसी काम आते और
हीरो हिरोयन के हस्ताक्षर जरुर लेते
परन्तु मजबूर से हम मूक बने
मात्र सब कुछ देखते ही रह गये।
क्योंकि हम ठहरे पाषाण,
जो न देख सकते हैं,
न सुन सकते हैं,
न ही बोल सकते हैं।

नया साल आने वाला था।
वर्ष का यह समय

भागता सा लगने लगता है।
हम भी कुछ ऐसा ही महसूस कर रहे थे।
प्रातः काल धुंध पड़नी शुरू हो चुकी थी
और हम सुस्त से बने
आसमान की छत के नीचे
दुबके से पड़े रहते थे।
दूर-दराज से ढोल-ढमक्कों तथा लाऊडस्पीकरों की
आवाजें आने लगीं थीं
त्योहारों के इन दिनों में
विवाहों के साहे बहुत पड़ते हैं
और लगभग हर शाम दूर- पास से
बैंड-बाजे वालों की आवाजें आती रहती हैं
नीचे से मंदिर की ओर आने वाले
रास्ते से जुड़े चौराहे पे
बांये हाथ की चौड़ी पगडंडी पर
एक पीपल का पेड़ है।
अधिकतर बारातें
वहीं आकर तैयार होती हैं और
बहुत से दुल्हे तो घुड़चढ़ी से पहले
ऊपर मंदिर में माथा टेकने आ जाते हैं।
सभ्य समाज में शादी-विवाह
एक अति महत्वपूर्ण प्रथा है
जो की समाज में

संतोष, शान्ति व ठहराव लाती है।
देखा जाए तो विवाह शादियाँ
सृष्टि का सार हैं।
हजारों वर्ष पुरानी इस प्रथा में
लोगों ने अपने मन मुताबिक
बदलाव कर लिए हैं।
अधिकतर मामलों में यह
दो अनजान लोगों को
एक बंधन में बाँधने की प्रक्रिया है
जो एक बार बंध जाने पर
आसानी से टूटता नहीं।
विवाह के लिए संयोग को बहुत
सशक्त माना गया है इसीलिए
विवाह के विषय में कहा भी गया है कि
शादियाँ स्वर्ग में निर्धारित होती हैं
और पृथ्वी पर संपन्न होती हैं।
किसी जमाने में स्वयंवर से लेकर
खड्ग के बल पर दुल्हन को
उठाके ले जाने तक की विधियां
अपनाई जाती थीं।
परन्तु आज अधिकाँश मामलों में
शादी-विवाह एक प्रबंधित प्रथा के रूप में
संपन्न होती हैं।

न जाने कितनी सदियों से
चली आ रही विवाह की यह प्रथा
आज भी बहुत सटीक व
समीचीन लगती है।
आज भी कोई विवाह बंधन में
बंधने जा रहा था
हमने देखा की नीचे टंकी वाले
चौक पर एक घोड़ी काफी देर से
दूल्हे की प्रतीक्षा में खड़ी थी।
सूरज छिपने के कुछ समय बाद
दुल्हे के सम्बन्धी एक सजी सजाई कार में
उसे लेकर आ पहुंचे।
एक दो सम्बन्धी दुल्हे से पहले उतरे
और शेष दुल्हे के उतरने के बाद में।
जैसे ही दूल्हा उतरा
उसकी बहिने, भाभियाँ व मित्र आदि
उसके साथ हो लिए।
दुल्हे ने क्रीम कलर कि शेरवानी के साथ
ताज़ी कलियों से तैयार
चमचमाता सेहरा बाँध रखा था।
हाथों में सुनहरे म्यान वाली तलवार पकड़े
वह बहुत फब रहा था।
नई नवेली दुल्हन या दुल्हे का

उबटन से चमका हुआ चेहरा देखने कि लालसा
सभी को रहती है।
और हम भी इस लालसा का
संवरण नहीं कर पा रहे थे।
किन्तु घनी लड़ियों वाले सेहरे के कारण
दुल्हे का चेहरा दिखना संभव नहीं था।
एक दो पल कार के पास रुक कर
दूल्हा अपने संबंधियों के साथ
ऊपर मंदिर में आ गया।
मंदिर में उसने वहां स्थापित
सभी देवी-देवताओं के आगे माथा टेका,
पुजारी से तिलक लगवाया और तत्पश्चात
अपने सम्बन्धियों के साथ
अचानक हमारी और आ गया।
हम हैरान से कभी उन्हें देखते तो
कभी अपनी ऊबड़-खाबड़ सतह को।
ऊपर आ कर दुल्हे के साथ आये
एक अधेड़ व्यक्ति ने

एक और इशारा करके दुल्हे को
झरबेरी कि एक झाड़ी दिखाई।
दुल्हे ने सबके साथ उधर जा कर
झाड़ी से एक छोटी सी टहनी काट ली

फिर उस अधेड़ ने उस टहनी पर
कलावा लपेट कर
कुछ रीति-रिवाज पूरे किये।
हमारे लिए मजे कि बात यह थी कि
यह सब करते हुये अचानक
दुल्हे ने अपना सेहरा उठा लिया।
उसके चेहरे पे गजब कि दमक थी।
शायद आज उसका वह सपना
साकार होने जा रहा था
जो वह बरसों से देखता आ रहा था
अतः आज उसीका दिन था।
वह सभी का केंद्र बिंदु बना हुआ था।
उसके मुहं से निकली हुई
हर इच्छा पूरी करने के लिए
दस लोग तैयार खड़े थे।
पर यह सब फेरों तक ही चलता है
क्योंकि इसके बाद तो
वह खुद ही गृहस्थी का
गुलाम बन जाने वाला है वह भी ऐसा
कि जिसे जीते जी
छुटकरा नहीं मिल पाता।
वैसे भी देखा जाये तो शादी में जुलूस भी
लड़के का ही निकलता है।

जबकि लड़की तो सजधज कर
आराम से बैठी रहती है।
यहाँ तक कि जय माला के लिए भी
दुल्हे को मंच पर बैठाकर
घंटों प्रतीक्षा करनी पड़ती है।
बस उसके आगे आने वाले जीवन का
यहीं से पता चल जाता है।
अभी तक तो वह केवल
सपनों में ही जी रहा होता है
परन्तु फेरों के बाद उसके साथ
बंधन में बंध कर आई दुल्हन तो
आज़ाद हो जायेगी किन्तु
वह गृहस्थी में बंधता ही चला जाता है।
अभी तो उसे घर गृहस्थी कि जरूरतों को
पूरा करना होगा अतः
उसे अपने सपने भूलने लगते हैं।
हर रोज काम के लिए निकलते समय
पत्नी उसे जरूरी सामान कि
एक सूची पकड़ा देती है।
जो उसे शाम को लौटते समय
उसे हर हाल में ले जाना होगा।
क्योंकि घर पहुँचते ही पत्नी उसके आगे
चाय पानी रख कर

जरूरी सामान के बारे में आवश्य पूछेगी।
उसका घर लौटना तो एक रूटीन है
किन्तु पत्नी द्वारा थमाई गयी.
सूची कि सभी वस्तुओं को ले कर आना
वह अपना सम्मान समझती है
अतः उन वस्तुओं को
न ले जाने का मतलब होगा
पत्नी के सम्मान को
मिटटी में मिला देना।
और जब ऐसा होता है तो क्या होता है
शादी-शुदा पुरुष समझ गये होंगे।
कुछ देर में लड़का
रीति-रिवाज पूरे करने के बाद
मंदिर के रास्ते नीचे कि और चल दिया।
नीचे घोड़ी और बैंड वालों ने
जल्दी मचा रखी थी।
जैसे ही लड़का नीचे पहुंचा
एक बैंड वाले ने अपने बैंड से
पू..पू..पू करके
सबको अलर्ट कर दिया और फिर
वही पुराना गाना
"आज मेरे यार कि शादी है" बजने लगा।
कुछ ही देर में

सभी बाराती इकट्ठे हो गये और
घुड़ घुड़ चड़ी कि रस्म के बाद
नाचते झूमते बाराती
अपने गंतव्य कि और चल पड़े
दिवाली से जुड़े दो-चार त्यौहारों के बाद
त्यौहार प्रायः समाप्त हो जाते है।
पता ही नहीं चलता की कब
वर्ष की समाप्ति का समय आ जाता है।
वर्ष का यह समय उन्मुक्त सा हो कर
हमेशा की तरह
भागने लगता है।

प्रातः व सायं धुंध पड़ने के कारण
ठंड बढ़नी शुरू हो चुकी थी अतः आज-कल
लोगों के जल्दी घर आ जाने के कारण
शाम शीघ्र ही शांत हो जाती है।
इन दिनों हम भी शात्रि को
समय पर ही सोने लगे थे
एक सुबह रविवार के दिन
हम सुस्त से दुबके पड़े थे कि तभी
दूर से ढोल-ढमक्कों व लाऊडस्पीकरों की
आवाजें आनी शुरू हो गईं
कुछ ही देर में ट्रकों, टेम्पुओं, कारों व

मोटरसाइकिलों का झंडों वाला एक जुलूस
कालोनी के भीतर आ कर
हमारे पास के टंकी वाले चोराहे पे
आ कर रुक गया
जुलूस में सबसे आगे वाले ट्रक में
गले में फूलों के हार डाले आया
एक व्यक्ति कालोनी के घर-घर जा कर
हाथ बांध गिडगिडाते हुए लोगों से
कुछ अनुरोध कर रहा था।
पहले हमने सोचा कि शायद यह कोई
संत या सरगना होगा जो अपने अनुयायिओं के
साथ
लोगों से मिलने आया होगा।
परन्तु हम शीघ्र ही समझ गये
की हारों से लदा वह व्यक्ति
लोक सभा चुनाव का प्रत्याशी था।
उधर लाऊड स्पीकरों पर जोर-शोर से उसका
चुनाव प्रचार किया जा रहा था,
उसके चुनाव चिन्ह वाले झंडे
लहराए जा रहे थे।
उसके समर्थक नारे लगा-लगा कर
उसके नाम के आगे मोहर लगा के
उसे वोट देने का शोर मचा रहे थे

हमने देखा कि घर-घर जा कर
लोगों से वोट देने की याचना करने के बाद
ढोल-डमक्के के साथ वह अपने
अनुयायिओं सहित
हमारे ऊपर आ गया।
वह एक बड़े से पत्थर पर बैठ गया
उसके साथ आये लोग भी इधर-उधर
जहाँ जगह मिली बैठ गए।
कुछ देर बाद वह
नेता सा दिखने वाला व्यक्ति खड़ा हो कर लोगों को
संबोधित करने लगा।
उसने वहां आये लोगों के साथ
अपनी रणनीति सांझा की
चुनाव कई दशाब्दियों से होते आ रहे हैं
'और दो चार नेता तो हमारे ऊपर आकर
भाषण जरूर देते हैं
कुछ देर वह अपने कार्यकर्ताओं को
आवश्यक निर्देश देने के बाद
अपने दल के कुछ ख़ास सदस्यों को
अपने साथ लेकर चला गया।
शेष लोगों का बड़ा समूह
अगले दिन की रणनीति तैयार करने
वहीं रुक गया।

उनमें से एक हलकी दाढ़ी वाला
मोटा सा व्यक्ति खड़ा हो गया।
उसके दो चार और साथी भी
वह सभी को संबोधित करते हुए बोला
तुम लोगों को शायद खबर नहीं
कल हमारे विरोधी दल वाले
चुनावी पोस्टर लगाने वाले हैं
और हमें उन्हें फाड़ना है।
उसके साथ खड़े लोगों में से
एक बोला इस काम के लिए तो बुदद्दू
पहले से फिक्स है।
दाड़ी वाला व्यक्ति बोला हां-हां मैं जनता हूँ
पर क्योंकि यह रिस्की काम है इसलिए उसके साथ
तीन-चार लोग और रहेंगे
और हाँ यह काम रात को ही किया जाए।
दो तीन लोग पोस्टर फाड़ेंगे
और शेष लोग निगरानी रखेंगे।
जो पोस्टर फट न पाया
उसपर रंग पोत दिया जाए।
इसके बाद उसने ठेकेदार व पहलवान
नाम से जाने जाने वाले दो व्यक्तियों को
इर्द-गिर्द की झुग्गी झोंपड़ी
कालोनियों में जाकर वहां के

सभी वोटरों को
अपनी ओर करने का काम सौंपा।
उसने उन्हें यह भी कहा की
जरुरत पड़ने पर उन्हें

साम, दाम, दंड, भेद की नीति भी
अपनानी होगी।
जैसे ही ठेकेदार ने इस काम के लिए
धन की बात की तो वह बोला
क्या बात करते हो भाई।
यह बताओ कि क्या
इन छोटे-मोटे खर्चों के लिए पैसे मांगने
मुझे भैया जी के पास जाना पड़ेगा
अरे कुछ शर्म करो।
तुम लोगों को पता तो है
कि भैया जी कितने व्यस्त हैं।
यह काम तुम लोगों को
अपने दम पर ही करना होगा
अब तुम बीवी के जेवर बेचो
या चोरी करो पैसों का जुगाड़ तो
तुम्हीं को करना होगा।
भैया जी के जीतने के बाद हमें
किस बात की कमी होगी?

जो भी खर्च करोगे
उससे ज्यादा ही मिल जाएगा।
इसी बीच ठेकेदार के दो आदमी
एक कार्टन देसी रसभरी का, पेपर गिलास,
नमकीन, पकोड़े आदि उठा लाये।
माल आते ही सबने
दिन में ही दो-दो पटियाला पैग लगाए और
झूमते-झामते उठकर चल दिए।
प्रजातंत्र में चुनाव
एक विस्तृत आयामों वाला खेल होता है
फिर चाहे वह आम चुनाव हो या मध्यवर्ती।
राजनितिक दल इसके लिए
बहुत पहले से सक्रिय हो जाते हैं।
राजनीतिक उठापटक शुरू हो जाती है।
नये ध्रुवीकरण, नये समीकरण,
गठबंधन और यहाँ तक कि हठबंधन,
अर्थात किसी एक दल की बढ़ती देख कर
एक दूसरे पर कीचड़ उछालने वाले कट्टर विरोधी
दल भी
गठबंधन के लिए हठात् एक हो जाते हैं।
जलूस जलसे व रैलियां शुरू हो जाती हैं।
फिर आरम्भ होता है एक-दूसरे पर
कीचड़ उछलने का काम जो सभी हदें

पार कर जाता है।
न किसी को पद की गरिमा का ध्यान रहता है न ही
किसी के व्यक्तित्व के प्रति
जिम्मेवारी की समझ रहती है।
बस एक दूसरे को किसी भी तरह से नीचा दिखाने
के लिए गिरने की
कोई सीमा ही नहीं रहती।
चुनावी अखाड़ों में पुराने मंजे हुए राजनीतिक
खिलाड़ियों के साथ-साथ
नम्बरी, शातिर, पहलवान व
धूर्त किस्म के खिलाड़ी भी उतर आते हैं।
शक्तिशाली खिलाड़ियों के पीछे
अपने-अपने हितों को सुरक्षित करने हेतु
विभिन्न वर्गों के गुट
साधनों व सुविधाओं के पुलिंदे लिए
घूमते रहते हैं जबकि
शातिर खिलाड़ियों के पिट्ठू तो सभी से
साधनों और सुविधाओं के पुलिंदे
स्वीकार करते जाते हैं और खिलाड़ी को
खबर तक नहीं रहती।
भाई यह ठहरा दुनियां के बृहततम
बृहत्तम प्रजातंत्र का आम चुनाव
यह सब तो चलेगा ही चलेगा।

प्रचार के लिए आये उमीदवार के
चुनाव प्रचार का जलूस
कुछ देर तक जोर-शोर से नारेबाजी करके चलता
बना।
चुनाव का दौर चल रहा था इसलिए
उमीदवारों के जलूस हर रोज
इधर आते रहते थे।
यह हो हल्ला तो अब एक-
दो दिन बाद ही समाप्त होगा।
हमारे इर्द-गिर्द की तलहटियों में.
बहुत सी कालोनियां थी इसलिए
इस निर्वाचन क्षेत्र से
चुनाव लड़ने वाले सभी उम्मीदवार
अपने दल का प्रचार करने
इधर आ रहे थे।
कुछ ही दिनों में मतदान हो जाएगा
फिर मत गणना के बाद
विजेता दल सरकार का गठन करेगा।

कई बरसों से विभिन्न प्रजातंत्रों में
मिली-जुली सरकारों के
गठन का दौर चल रहा है
और जनता, यह जानते हुए भी

कि यह एक कोरा अधकचरा
गठबंधन होता है जो विभिन्न ध्रुविकरणों
से प्रभावित हो कर धर्म, जाति,
तुष्टिकरण व सौदेबाजी के आधार पर
सशर्त समर्थन देकर रचा जाता है।
गठबंधन करने वालों का
निजि मंतव्य तो पूर्ण हो जाता है।
किन्तु बुद्धू बनी जनता
मतदान कर पांच वर्ष के लिए
अपने हाथ कटवा कर चुप बैठ जाती है।
और अगले पांच वर्ष उसे कुढ़-कुढ़ कर
गालियाँ देते हुए उस भानुमती के
कुनबे को झेलना ही पड़ता है।
लोकतंत्र में इसी प्रकार चुनाव होते रहते हैं,
सब कुछ जानते हुए भी लोग
नेताओं के लुभावने वादों में आकर
उन्हें चुन लेते हैं।
आजकल भारी भरकम प्रजातंत्रों में
चुनाव प्रचार के दौरान
किये गए वादों को पूरा करना
व्यवस्थाओं के बस में नहीं रहता।
सत्ता में आने के बाद
उसे बहुत से गुटों, यहां तक कि

दागी गुटों के हितों को ध्यान में रख कर तथा
जनता से किये गये वादों को
ताक पे रख कर चलना होता है
और वह चलती रहती है व जनता
रोती, चिल्लाती रहती है।
परन्तु क्योंकि यह एक बरसों से
चली आ रही व्यवस्था का मामला है
जिसे जनता को वोटों के लिए बरगला कर स्थापित
किया जाता है और फिर
अगले पांच वर्षों के लिए
बस व्यवस्था की ही चलती है अतः
वह चाहे जैसी भी हो
लोगों को झेलनी ही पड़ती है।
अतः इसका कोई अंत नहीं है।
आखिर मत दान का दिन आ ही गया।
हमारे आस-पास की
कालोनियों और बस्तियों के
विभिन्न स्कूलों में बने
मतदान केन्द्रों में सुबह से ही
मतदाताओं की लम्बी कतारें लगनी
शुरू हो गई थीं।
अच्छी खासी ठण्ड में भी मतदाता
सज-धज कर शानो-शौकत से

वहां पहुंच रहे थे।
मतदान दिन भर चलता रहा
अतः लोग अपनी सुविधानुसार
मतदान के लिए आते रहे।
खिली-खिली धूप होने के कारण
मतदान के लिए दिन भर
लम्बी-लम्बी लाइने लगी रही।
सांय पांच बजते ही
केन्द्र का गेट
लाइन में लगे लोगो को
संख्याओं की पर्चियाँ बाँट कर
मतदान केंद्र का गेट बंद करा दिया गया।
मतदाताओं द्वारा दिए गये निर्णयों को
मत्त पेटियों में कैद करके उन्हें
सुरक्षित स्थानों पर पहुंचा दिया गया।
देश भर में चुनाव कई चरणों में
महीना भर चलते रहते हैं
मतगणना व परिणामों की घोषणा के लिए
एक माह का लम्बा समय रखा गया था
अब उम्मीदवारों व
अन्य रूचि रखने वालों को
परिणामों के लिए प्रतीक्षा करनी होगी।
समय गुजरते देर नहीं लगती और

अंततः मतगणना का दिन भी आ ही गया।
दिन भर मतगणना चलती रही
और मुख्य दल आगे पीछे होते रहे।
दोपहर के बाद
स्थिति स्पष्ट होनी शुरू हो गयी थी।
सांय छः बजे तक
समस्त परिणाम आ गये
किसी भी दल को
स्पष्ट बहुमत नहीं मिल पाया था।
जिन दलों को कुछ ज्यादा सीटें मिली थीं

वह जोड़-तोड़ में लग गये।
चार-छः सीटें पाने वाले दल भी
अकड़ से सर उठा कर खड़े थे
हर छोटा दल बड़े दल को
समर्थन देने के सम्बन्ध में
अपनी-अपनी शर्तें तय करने में लगा था
सत्ता के गलियारों में
शक्तिपरीक्षण को लेकर हर बड़ा दल
साम, दाम, दंड, भेद की नीति
अपनाने को तैयार था।
किन्तु अभी छोटे बड़े दोनों दल
अपने-अपने पत्ते उलटे रख

चुपचाप बैठे थे।
समुचित संख्या की पुष्टि
सुनिश्चित किये बिना कोई भी बड़ा दल
अपने पत्ते खोलने को तैयार नहीं था।
एक दिन बाद एक बड़े दल ने
अपने पत्ते खोल दिए।
उसने जैसे-तैसे
अपने दल के नेता के लिए
समुचित समर्थन जुटा लिया था।
दूसरे बड़े दल ने भी
अभी हिम्मत नहीं हारी थी और
अपना ठोस दावा प्रस्तुत करने की
जी तोड़ कोशिश में लगा था।
किन्तु यहां भी पहले आओ-पहले पाओ
वाली बात लागू होती है
अतः पहले वाले बड़े दल ने अपनी
साम, दाम, दंड, एवं भेद की
कूट नीति व मसल पावर के प्रयोग से
अपने समर्थक विधायकों को
एक जगह एकत्रित कर
ऐसी किलेबंदी करके बिठा रखा था कि
दूसरे दावेदार का
इसके किले में सेंध लगाना

असंभव लग रहा था
अतः शक्ति परीक्षण के दिन इस दल ने
अपने समर्थक निर्वाचित सदस्यों की
हस्ताक्षरित सूचि जारी करके
सरकार बनाने का अपना दावा ठोक दिया
संख्या में कमी के कारण अपना दावा रखने की
कोई सुरत नजर आती न देख
दूसरे दल ने बगलें झांकते हुए
विरोध में बैठना स्वीकार कर लिया।
पहले वाले दल को सरकार बनाने का निमंत्रण
मिल चुका था
अतः अगले ही दिन
शपथ ग्रहण समारोह हो गया।
विभिन्न विचारधाराओं वाले सभी दलों ने
सर्वसम्मति से बड़े दल के
प्रधानमंत्री पद के दावेदार नेता के आगे
न चाहते हुए भी सर झुका दिया।
पूर्व निर्धारित शर्तों के अनुसार
गुट में शामिल प्रत्येक दल को उसके
सामर्थ्य के अनुसार
मंत्री के पद दिए गये और
अन्य को विभिन्न लाभ के पदों पर
विराजमान कर दिया गया।

मंत्रिमंडल का गठन ठीक-ठाक हो गया।
सब ने अपने-अपने विभाग संभाल लिए।
चुनाव जीतने में मुख्यता दो ही बातें
काम करती है,
एक तो राजनीतिक दल,
नेता के व्यक्तित्व के प्रति
ध्रुवीकरण व उसकी कार्य प्रणाली जिससे
मतदाता पूरी तरह प्रभावित हो जाते हैं
और नेता की लहर चल पड़ती है।
दूसरे फिर साम, दाम, दण्ड, भेद तो है ही
जो कि एक अकाट्य विधि है।
पहले वाली बात तो
विरले नेताओं में देखने को मिलती है
जबकि आजकल दूसरी विधि का सहारा ही
अधिक लेना पड़ता है और
इस विधि में झोंपड़ी से महलों तक में
रहने वाले गुंडे, बदमाश, बाहुबली,
पहलवान, अपराधी, धूर्त, ओछे धनाड्य व
छुपे-रुस्तम किस्म के लोग होते हैं जो
अपने-अपने स्तर पर
अपने-अपने ढंग से
जी-जान से काम करते हैं।
और चुनाव जीत जाने के बाद
इनके लिए भी कुछ तो करना होता है।

इसलिए इस चुनाव में
जी-जान से काम करने वालों को
उनकी मन मर्जी का तोहफा
उपलब्ध कराना तो बनता ही है।
एक दिन आकाश पर बादल छाये हुए थे।
शारदीय दिन छोटे होने के कारण
शाम जल्दी ढल गई
रविवार का दिन था इसलिए
दूर-दूर तक सन्नाटा पसरा हुआ था।
धूसर सी रोशनी में दो व्यक्ति
ऊपर की और आते दिखाई दिए।
ऊपर आ कर वह हमारे पीछे की ओर
और ओट वाले एक स्थान पर आ पहुंचे।
वह निचले स्तर पर काम करने वाले
वर्कर लग रहे थे।
उन्होंने अपने थैले में से
एक टाट और दो कम्बल निकाले
फिर टाट बिछा कर उन्होंने
कम्बल ओढ़े और चट्टान से पीठ सटा कर दोनों
बतियाने लगे।
तभी एक के मोबाइल की घंटी बज उठी
जवाब देने पर फोन करने वाले ने
उनसे पूछा कि कहां हो?

उनमें से एक ने उत्तर दिया
कि वह पत्थरों पर बैठे हैं।
दूसरी और से आवाज आई कि
इलाका इंचार्ज ने
तुम्हारे काम से खुश होकर
तुम दोनों के लिए गिफ्टें भेजीं हैं
जो तुम्हें वहीं पत्थरों पर मिल जाएंगी।
उन्होंने फोन बंद किया और
पत्थरों पर बैठ कर प्रतीक्षा करने लगे।
अँधेरा गहराने लगा था
कि तभी उन्होंने देखा कि दो परछाइयां
ऊपर की और बड़ी चली आ रही थी।
कुछ ही देर में वह परछाइयां
उनके पास आ गयीं
उन दोनों ने अपने चेहरे पर
गर्म शालें लपेट रखी थीं।
वह विस्फारित नेत्रों से उन्हें देखने लगे।
इससे पहले कि वह कुछ पूछते
उन्होंने अपने चेहरे से शालें हटा दीं
वह दोनों अवाक से उन्हें देखते ही रह गये
वास्तव में वह दो युवा औरतें थीं
जिनके हाथों में एक-एक बैग था।
उनके पास आते ही वह

नीचे बिछे टाट पर बैठ गयीं
उन्होंने बैगों से शराब व
खाने का सामान निकाला फिर
चार गिलास निकाल कर बोतल से
उनमें शराब उड़ेली व नमकीन आदि
निकाल कर रख दिया।
हमें स्थिति भांप कर कुछ-कुछ
अंतर्बोध हो गया था अतः हम चुप बैठे रहे
तभी उनमें से एक ने बोतल खोलकर
नीचे रखे चार गिलासों में
शराब उड़ेल दी।
उन्होंने एक-एक गिलास उन्हें पकड़ाया
और एक-एक खुद ले लिया।
पेग चढ़ा कर उन्होंने पूछा
लेकिन हमारी गिफ्टें कहां हैं।
यह सुन कर वेह दोनों मुस्कराई तथा
दोनों उनकी बगल में बैठ गईं।
वह दोनों भी अब सब समझ चुके थे
शीघ्र ही उनकी क्रीड़ायें आरम्भ हो गईं।
और देर रात तक चलती रही।
हम मूक बैठे कांपते हृदयों से अन्धकार में
कुछ खोजते रहे।
हमारे यहां ऐसे खिलवाड़ भी चलते रहते हैं

इसलिए हम ऐसे मंजरों के आदी हो चुके हैं
आधी रात बीत जाने के बाद
सामान वह सब उठे, अपना-अपना सामन
मा झोलों में डाला और नीचे उतर कर
धीरे-धीरे अन्धकार में विलीन हो गये।
आज रविवार था इसलिए
उस क्षेत्र से विजयी हुए उमीदवार की
विजय रैली निकल रही थी।
आस-पास की बस्तियों में रहने वाले
विजेता दल के कार्यकर्ता
उसके विजय रथ के आगे
ऐसे नाच रहे थे जैसे वही जीते हों और
उन्हें सब कुछ मिल गया हो।
किन्तु वह यह नहीं जानते थे कि
उनका यह दिवास्वप्न
शीघ्र टूट जाएगा।
उन्हें इस बात का तनिक भी भान नहीं था कि जिसे
जिताने के लिए उन्होंने
कोई कसर नहीं छोड़ी थी और साम, दाम, दंड, भेद
की नीति अपना कर
उसे मत डलवाये
वह बाद में उनकी सुध तक नहीं लेगा।
और कुछ ही दिन में

वह सब उसी धरातल पर आ जायेंगे
जहाँ दो समय की रोटी के लिए भी उन्हें
दिन भर संघर्ष करना पड़ता है।
और यह भी एक विडंबना है कि
चुनावों के बाद महंगाई
बरसाती घास की तरह
बढ़नी शुरू हो जाती है तो फिर
रुकने का नाम ही नहीं लेती।
उधर चुनाव जीत चुके नेताओं का
मतदाताओं व कार्यकर्ताओं से
नाता टूट जाता है।
चुनाव से पहले
प्रजातंत्र का ढिंढोरा पीटने वाले खुद अभिजात्यवर्ग
के हो जाते हैं
और निहित स्वार्थों के खेल में
लिप्त हो जाते हैं।
मतदाताओं के सपने टूट कर
चूर-चूर हो जाते हैं और
मिटटी में मिल जाते हैं।
किन्तु इतना कुछ होने पर भी
जब पांच वर्ष बाद दुबारा चुनाव आते हैं
तो पांच वर्षों के दौरान
लगे झटकों से त्रस्त लोग एक बार

फिर से नये सपने, नई आशाएं,
व नया जोश लेकर
ढीठ नेताओं के माया जाल में
आ फंसते हैं और जी-जान से उन्हें
विजयी बनाने में जुट जाते हैं
और सब कुछ भुला कर फिर से
कुछ समय आशाओं भरे दिवा स्वप्नों में
बिता देना चाहते हैं..... शायद वह
इसी आशा में आशा की कुछ किरणे
खोजने लगते हैं।
बस यही प्रजतंत्र की विडंबना, धर्म
और चलन है जो की हमेशा
अटल रहता है।
बस आशायें पालते रहो और मस्त होकर
सपने देखो और इसी में संतोष कर लो।
आधे से अधिक दिसम्बर निकल चुका था
हर रोज रात को धुंध पड़ जाती तथा
सुबह तक छाई रहती।
जिस ठण्ड को कार्यकर्ता
चुनाव की गर्मी में भूले हुए थे
वह अब लगने लगी थी।
मत दान के बदले में
जो कम्बल मिले थे वह भी अब

ठण्ड रोकने में समर्थ नहीं थे।
रजाइयां मिली होतीं तो अच्छा होता
क्योंकि रजाइयां नकली नहीं बन सकती।
हम जानते हैं कि प्रजातंत्र में राजनीति
पर चिंतन करने या दर्शन झाड़ने से
कुछ मिलने वाला नहीं है।
किन्तु फिर भी हम
अपना दर्शन झाड़े बिना कहां मानते हैं। पर एक
बात तो साफ़ है कि
ये एक लोकतांत्रिक प्रक्रिया है
अतः कितने नियम अथवा
अधिनियम बना लो, इसमें
यह सब तो चलेगा ही
हम इसमें कर भी क्या सकते हैं।
हमें इन सब बातों से क्या लेना-देना
हम कौनसा यहाँ चुनाव लड़ने वाले हैं
क्योंकि हम ठहरे पाषाण
जो न बोल सकते है
न सुन सकते हैं
न ही देख सकते हैं
और एक पाषाण क्या चुनाव लड़ेगा?
आज अच्छी सी खिली-खिली
धूप वाला दिन था।

अतः 11 बजते ही बूढ़ों का दल
ऊपर आ गया।
जैसे ही वह विराजमान हुए

एक बूढ़ा बोला
लो भाई अपना समय तो आया समझो।
सभी हैरान होकर बोले क्यों भई क्या हुआ
वह बोला यारो रात को
मेरी स्वर्गवासी पत्नी
सपने में मुझे अपने पास बुला रही थी।
एक कम उम्र का बूढ़ा बोला
तो इसमें क्या है....चलो बुलावा आया है।
इस पर बूढ़ा बोला
यार 6 महीने बाद मेरे सबसे छोटे
पोते की शादी है
और मैं उसमें नाचना चाहता हूँ
पर इधर वह सपने में मुझे बुला गई है।
यह सुन कर एक बड़ी उम्र का बूढा बोला
इसका समाधान है मेरे पास
ऐसा करो तुम पोते की शादी देखो
उसके पास मैं चला जाता हूँ।
इस पर सभी ठहठहाकर हंस पड़े।
हम देख रहे थे कि इस उम्र में भी

जिन्दा दिली रखना तो कोई इनसे सीखे।
दिसंबर समाप्ति पर था, बड़े दिन चल रहे थे इसलिए
आज पच्चीस दिसंबर को
क्रिसमस की संध्या के उपलक्ष में
कुछ दूर रिहायशी क्षेत्र में बने
विशाल चर्च के सलीब पर
रंगबिरंगी रोशनियाँ सजा दी गईं थीं।
कई घरों पर स्टार जगमगा रहे थे।
बहुत से लोग हम पर घूमने आये हुए थे
लगता है बाजारों में
वर्षांत की सेलें चल रहीं थीं
इसलिए लोग-बाग विशेषकर युवावर्ग
नये-नये परिधानों में घूम रहा था।
हमारी तलहट्टी में लगने वाले
साप्ताहिक बाजार में खूब चहल-पहल थी
वर्ष समाप्ति पर आता है तो
जाड़ा अपने पाँव पूरी तरह
पसार चुका होता है।
क्रिसमस के कारण
वातावरण काफी लुभावना हो जाता है
बाजारों में खूब गहमा-गहमी रहती है
वर्षांत पर लोग अपनी बची-खुची

छुट्टियां ले कर घूमने निकल पड़ते हैं।
इन दिनों समय का चक्र भी
तेज गति से भागता है
और पता ही नहीं चलता कि कब
वर्ष का अंतिम दिन, अर्थात
31 दिसम्बर सामने आ खड़ा होता है।
अंग्रेजी ईस्वी के कैलेण्डर को
विश्व के लगभग सभी देशों ने
अपना लिया है
इसलिए अधिकतर देश
नववर्ष इसी के अनुसार मनाते है
और भारत भी उनमे से एक है।
यद्यपि भारतीय संस्कृति के
अनुसार नव संवत्सर चैत्र प्रतिपदा को
पड़ता है जब भारतीय नव वर्ष का
आरंभ होता है किंतु अंग्रेज़ी नव वर्ष
ने लोगों के दिल को ऐसा धो दिया है कि
"दिल है कि मानता नहीं" और लोग-बाग
नव संवत्सर के प्रति उदासीन रहकर केवल
अंग्रेजी नववर्ष को ही अपना
नया साल मानने लगे है।
दुनियां को अंग्रेजी नववर्ष मनाने की लत
एक बार जो लगी तो फिर नहीं उतरी

क्योंकि यह ऐसे मौसम में आता है
और ऐसे मनाया जाता है कि
दुनियां इसे मनाने के विमोहन से
आज तक मुक्त नहीं हो पाई।

इस बार नववर्ष की पूर्व संध्या
रविवार के दिन पड़ी थी।
आज सुबह से ही धुंध छाई हुई थी
इसलिए आस-पास की कालोनियों में लोग
देर तक रजाइयों में दुबके सोते रहे।
शायद इस ठन्डे मौसम में
किसी का भी मन उठने को नहीं था।
हमारे ऊपर चारों ओर दूर-दूर तक
धुंध का साम्राज्य छाया हुआ था।
कुछ भी दृष्टि गोचर नहीं था।
पूरी तरह चुप्पी छाई थी और पक्षी भी
पेड़ो के पत्तों के बीच दुबके बैठे थे।
केवल कुछ शैतान कव्वे
ओंस से गीले हुए सर व पंखों को लिए
इधर-उधर झक मारते हुए
खामोशी भंग कर रहे थे।
कोहरा इतना घना था कि सूर्य देव के
दृष्टिगोचर होने की

कोई संभावना नहीं लग रही थी।
कोहरा घना होने से
कतरा-कतरा करके पानी गिर रहा था।
जिसके कारण हमारी काया भी
पूरी तरह भीग गई थी।

अलसाया दिन बीतने के साथ
ठंडक भी बढ़ गई थी।
सारा दिन कोहरे में ही बीत गया
धुंध में भी युवाओं की टोलियां,
व कुछ एकाकी किस्म के लोग
हम पर घूमने आते रहे।
दिन भर सूर्य देव का दर्शन न देना
दूसरे ठण्ड के साथ-साथ
ठंडी हवाएं भी लोगों में नव वर्ष की
पूर्व संध्या मनाने का उत्साह
कम नहीं कर पायीं थीं।
लोग अपने बनाये गये कार्यक्रमों को
मनाने की तैयारी में लगे थे।
शाम को जब बादलों
और कोहरे के पीछे सूर्य डूबने को हुआ
तो एक बार उसने
पश्चिम के आकाश को कुछ पल के लिए

अपनी प्रखर चमक प्रदान की
और फिर जैसे अनुमति लेकर
नव वर्ष की प्रातः को
नये उत्साह के साथ उदय होने के लिए
अस्ताचल में समा गया।
जैसे ही संध्या ढली
और अँधेरा छाने लगा, होटलों, क्लबों
व घरों की छतों पर
रोशनियों के खेल शुरू हो गये थे।
लोग-वाग़ नव वर्ष का स्वागत करने को
कारों व टेक्सियों पर सवार हो कर
होटलों, क्लबों, फार्महाउसों व मालों
आदि के लिए निकल पड़े थे।
नव वर्ष के उन्माद में
किसी को भी ठण्ड का आभास
नहीं हो रहा था।
सब जगह जश्न की तैयारियां
चल रही थीं, बाजारों में
मसालों की महक उठ रही थी।
समारोह कोई भी हो
बेचारे पशु पक्षिओं की तो
मुसीबत आ जाती है।
तंदूरी मुर्गों, मछलियों और कबाबों के

ढेर लग जाते हैं
ढाबों रेहड़ियों पर भी
कबाब व मुर्गे भूने जा रहे थे।
बड़े होटलों में विदेशी व्हिस्कियों के
जाम चल रहे थे, एक से बढ़ कर एक
डांस आइटम चल रहीं थीं।
कई जगह तो कैबरे डांस के कार्यक्रम
रखे गये थे।
ज्यों-ज्यों आधी रात निकट आ रही थी
विदेशी शराबों व कबाबों के दौर
चरम पर पहुंच रहे थे।
होटलों में भारी पैकेज का भुगतान करके
आये लोगों की
खूब देख भाल हो रही थी।
कहीं गीत, कहीं ग़ज़ल, तो कहीं
आर्केस्ट्रा के साथ मनोरंजन
किया जा रहा था।

हमारे ईर्द-गिर्द की
कालोनियों में रहने वाले लोगों ने भी
अपने सामर्थ्य के अनुसार
नव वर्ष मनाने का
आयोजन किया हुआ था।

चारों ओर से लाऊडस्पीकरों, डीजे,
बैंड व आर्केस्ट्रा आदि की
आवाजें आ रही थीं।
हलवाई डिनर तैयार कर रहे थे।
कालोनियों की औरतें भी बन-ठन के
अपने-अपने पतियों के साथ
नववर्ष मनाने आई हुई थीं।
हमारी तलहट्टी से लगती कालोनी में भी
कुछ ऐसा ही नज़ारा था।
कालोनी के इन बहुमंजिले मकानों में
विभिन्न क्षेत्रों व संस्कृतियों के
लोग रहते हैं जो सब मिल-जुल कर
नया साल मनाने में लगे हुए थे।
हलवाइयों ने स्वादिष्ट भोजन
तैयार कर रखा था।
खाने-पीने का सामान
सर्व किया जा रहा था कि तभी
एका-एक तीन-चार लोग उठ कर
एक ओर निकल गये और
10-15 मिनट में वापस आ गये

लग रहा था एक ओर ओट में जाकर
दो-चार पेग लगाने गये थे।

इसी बीच मिसेज गुमटा,
जो कि अपने पति के लिए
खाने की थाली उठा कर ला रही थी,
से पियक्कड़ों में से एक ने
थोड़े खुमार में कहा "भाभी
एक प्लेट इधर भी"
मिसेज गुमटा ने तो उनकी ओर
कोई ध्यान नहीं दिया परन्तु
मिस्टर गुमटा, जो यह सुन कर
आग बबूला हो उठे थे
उनकी ओर लपके और
गाली-गलौज शुरू हो गया।
परन्तु लोगों ने बीच बचाव करके
बात को आया-गया कर दिया।
कुछ देर वातावरण शांत रहा और
खाना परोसा जाने लगा।
खाना खाते हुए एका-एक ठेकेदार बोल उठा
साले खाने में भी हेरा-फेरी से
बाज़ न आये।
अरे पैसे लिए हैं तो कम से कम
खाना तो ढंग का बनवाते।
धम्मू, जिसने खाने का प्रबंध किया था
यह सुन कर ताव खा गया

और बोला बकवास मत कर
तुम्हें यहाँ बुलाया किसने है।
ठेकेदार, जो कि पिए हुए था बोला
मुझे तुम जैसों के निमन्त्रण की
जरूरत नहीं है।
मैं सारी कालोनी का रख-रखाव करता हूँ
और हर रोज यहीं घूमता रहता हूँ
धम्मू को लगा कि
ठेकेदार कुछ ज्यादा ही बोल गया था
अतः वह उठ कर उसके पास आया
और उसका कालर पकड़ कर
ज्यों ही उसे उठाने को हुआ
ठेकेदार एक झटके से खड़ा हो गया
और बोला "देखो हाथापाई पे मत उतरो
यह मुझे भी आती है
और सुनो कालोनी में खोखा डाल कर
और किसी से क्वार्टर किराये पर लेकर
कोई सरकारी आदमी नहीं हो जाता।
तुम्हारा अलाटी
एक शरीफ आदमी है इसलिए
मैंने तुम्हारी शिकायत नहीं की वरना
तुम्हें कल ही यह मकान
खाली करना पड़ जाये

ठेकेदार का इतना कहना था कि
धम्मू, जो काफी तड़ी रखता ने
ठेकेदार पर हाथ उठा दिया।
ठेकेदार ने भी गुस्से में आकर धम्मू से
हाथापाई शुरू कर दी
और दोनों गुत्थमगुत्था हो गये।
वास्तव में ठेकेदार को धम्मू के विरोधी
शकील की शह थी इसीलिए
वह धम्मू की परवाह नहीं कर रहा था।
इसी बीच किसी ने
100 नम्बर पर कॉल कर दी।
कुछ ही देर में पुलिस पहुंच गयी।
काफी देर तक बहसबाजी चलने के बाद
पुलिस ने दोनों पक्षों में
सुलह करवा दी।
वहां एकत्रित हुए लोगों में से
कुछ तो पुलिस के आते ही
अपने-अपने घरों को खिसक लिए
और जो वहां रुके रहे
उन्हें पता ही नहीं चला कि
घड़ी की सुइयां
कब बारह को पार कर गयीं।
शायद इसी को

खराब नया साल कहते हैं
नववर्ष आरंभ होने के कारण
अंततः वहां उपस्थित लोगों को
एक दूसरे के साथ
उचित व्यवहार करने की शिक्षा देकर
पुलिस भी चलती बनी।
महानगरों में
नववर्ष ऐसे भी मनाये जाते हैं
जहां लोग-बाग़
पुराने झगड़े व बैर आदि की
खुन्नस निकालने के लिए
ऐसे अवसरों की प्रतीक्षा में रहते हैं।
और जघन्य अपराध तक कर जाते हैं।
यहाँ भी बात बढ़ने के आसार
नज़र आ रहे थे।
परन्तु पुलिस तथा लोगों के यत्नों से
झगड़ा समाप्त हो गया।
आस-पास के क्षेत्रों से रात बारह बजे से
पटाखों के साथ
नये साल का स्वागत किया जा रहा था
दूर-दराज के क्षेत्रों से अभी तक
पटाखे चलने की आवाजें आ रही थीं।
रात दो-तीन बजे तक

नववर्ष मनाने के समारोह चलते रहे
फिर धीरे-धीरे नववर्ष का
कोलाहल थमने लगा,
लोग अपने-अपने घरों को चलते बने
और सब शांत हो गया।
रात्री का चौथा पहर चल रहा था।
हमारे चारों और दूर-दूर तक
नीरवता का साम्राज्य छाया था और
धुन्ध पड़ चुकी थी और
हमारे दाहिनी ओर के जंगल में
कहीं दूर गीदड़ों के
चिल्लाने की आवाजें आ रही थीं
जिसका उत्तर आवारा कुत्ते
भौंक-भौंक कर दे रहे थे।
बीच-बीच में कुत्तों के रोने की आवाज
चारों और पसरे सन्नाटे को
भंग कर रही थी।
सुबह से नये साल के विभिन्न रंग
देखते हुए हम भी थक चुके थे।
सन्नाटा हमें भी भाता है
क्योंकि हम ठहरे पाषाण
जो न बोल सकते हैं
न सुन सकते हैं

न ही देख सकते हैं
अतः भारी पलकों ने हमे भी
निद्रा की गोद में डाल दिया।
अगली सुबह रविवार का दिन था।
एक तो छुट्टी, ऊपर से धुंध होने के कारण
लोग सुबह देर तक सोते रहे।
10-11 बजे तक कहीं भी
कोई हलचल नजर नहीं आ रही थी।
बारह बजे के करीब हल्की सी धूप दिखाई दी
तो अलसाए से इक्का-दुक्का लोग
दूध आदि लेने के लिए
घर से बाहर निकले थे
क्योंकि अधिकांश लोगों ने
दैनिक प्रयोग की वस्तुएं
नव वर्ष की पूर्व संध्या पर ही
खरीद कर रखी थी ताकि
कंपकंपाती ठंडी सुबह को
घर से बाहर न निकलना पड़े
इसलिए ठिठुरन भरा दिन
रजाई में घुस कर सुस्ती में निकालने का
मन बना लिया था।
दिन भर हमारी ओर
किसी का भी आना नहीं हुआ।

शाम को कुछ लोग
दूध व सब्जी आदि के लिए
घरों से बहर निकले थे।

यह दिन छोटे होने के कारण
वड़ी तेजी से गुजरते हैं
अतः महीने के दो सप्ताह निकलने का
पता ही नहीं चला।
आज तेरह जनवरी थी इसलिए
मकर संक्रांति की पूर्व संध्या पर
सदा की तरह आग जला कर मनाया जाने वाला
त्योहार लोहड़ी
कई जगह मनाया जा रहा था।
मनुष्य ने अलग-अलग मौसम के अनुरूप
मनाने के लिए विभिन्न त्योहारों की
संरचना कर रखी है।
लोहड़ी भी इसी तरह का एक त्योहार है
जो तब आता है जब
शीतकाल अपनी चरम सीमा पर होता है।
और इस मौसम की सौगात
मूंगफली, रेवड़ी व मक्की के फुल्ले
इस त्योहार में खूब बांटे व खाए जाते हैं।
हमेशा की तरह शाम के समय कुछ

कुछ खानाबदोश किस्म के आदमी
हमारे उपर आ गये और कुछ घास-फूस
व झाड़-झंखाड़ इकट्ठा करके
उसे जलाकर आग तापने लगे
उनहोंने लिफाफों से रेवड़ी व मूंगफली का
प्रसाद निकाल कर
लोहड़ी की आग में डाला और फिर
आपस में बाँट कर खाने लगे।
हम भी उनके पास बैठे आग तापते रहे
परन्तु हम पाषाणों को
उन्होंने प्रसाद नहीं दिया।

सदियों से चले आ रहे इस त्योहार के
हम प्रत्यक्षदर्शी रहे हैं।
अब तो व्यक्तिवाद का ज़माना है
लोग अपनी अलग पकाने में
विश्वास रखते हैं
परन्तु पुराने समय में कई त्योहारों,
विषेशकर लोहड़ी सारा मोहल्ला
इकट्ठा हो कर मनाता था।
गली मोहल्ले के बच्चे कई दिन पहले
लोहड़ी के गीत गा-गा कर
लोहड़ी के लिए लकड़ी और पैसे

इकट्ठे किया करते थे।
लोग भी उन्हें खूव दिल खोलकर
लोहड़ी दिया करते थे।
यदि कोई उन्हें लोहड़ी नहीं देता था
तो सभी ऊँची आवाज में
वोल कर जाते थे कि
"कोठे पे हुक्का यह घर भुक्खा"
और जहाँ से लोहड़ी मिल जाती थी
वहां वोल कर जाते थे कि
“कोठे पे खीर यह घर अमीर"।
वैसे तो लोहड़ी के सम्बन्ध में कई कथाएँ
जुड़ी हुई हैं परन्तु
यह त्योहार मौसमी अधिक लगता है
क्योंकि जिस मौसम में
यह त्योहार आता है उसमें
आग तापते हुए मूंगफली व रेवड़ी खाने का आनंद
ही अलग होता है।
जैसे ही आठ बजे
जगह-जगह घरों के आगे लगे
लकड़ियों के ढेरों में
आग लगनी शुरू हो गई।

9 बजे तक लोहड़ी का त्योहार
पूरे योवन पर आ गया।

उत्तरी भारत के घरों में शादी
अथवा बच्चा होने पर
यह त्योहार बड़े जोर शोर से
मनाया जाता है।
ऐसे घरों में लोग रात देर तक
आग के इर्द-गिर्द नाचते गाते रहते हैं।
10-11 बजे रात तक समारोह चलते रहे।
फिर धीरे-धीरे जैसे ही आग ठंडी हूई
लोग-बाग़ उठ कर चलते बने
हवा न चलने के करण लोहड़ी का धुआं वातावरण
में फ़ैल गया था।
सारे शहर में लोहड़ी की आग जलने पर भी
'ठण्ड टस से मस नहीं हुई थी।
हमारे उपर जलाई गई आग भी
ठंडी पड़ चुकी थी।
ठण्ड, धुंए व धुंध के
मिले जुले वातावरण से तंग हम भी
सोने का उपक्रम करने लगे।
अगली सुबह मकरसंक्रांति का पर्व था।
साथ लगते मंदिर में सुबह से
प्रवचन व कथा चल रही थी।
लोग-बाग़ दान पुन्य आदि के लिए
इतनी ठण्ड में भी दान का

सामन उठाये मंदिर आ रहे थे।
जनवरी समाप्ति पर था अतः धीरे-धीरे
दिन बड़े होने शुरू हो चुके थे।
कल राष्ट्रीय पर्व गणतंत्र दिवस था
किन्तु अवकाश होने के कारण
हमारे आस-पास के स्कूलों ने यह पर्व
आज ही मना लिया था।
सुबह से स्कूलों में "सारे जहां से अच्छा"
तथा “ऐ मेरे वतन के लोगो" जैसे
देश प्रेम के गीत चल रहे थे।
सभी स्कूलों में मुख्याध्यापकों अथवा आमंत्रित
किये गणमान्य व्यक्तियों द्वारा
राष्ट्र ध्वज लहराया गया।
कई जगह रंगारंग कार्यक्रम भी किये गये।
भारतीय राष्ट्रीय एकता का प्रतीक यह दिवस

देश भर में बड़े सम्मान व
गौरव के साथ मनाया जाता है।

फरवरी चढ़ी तो
मौसम ने भी करवट ली जिससे
हमे भी ठण्ड से कुछ राहत मिली।
इसी महीने में पड़ने वाली

वसंत पंचमी एक पारम्परिक त्योहार है
जो आज भी परम्परागत ढंग से
मनाया जाता है।
उत्तरी भारत में इन दिनों
सरसों में फूल आने से खेत पीले
हो उठते हैं।
लोग पीले वस्त्र धारण कर
पीले चावल बनाते हैं।
कई शहरों में खूब पतंगबाजी होती है
तथा सारा दिन हाई बो-हाई बो की
आवाजें सुनाई देती रहती हैं।
बंगाली समुदाय वसंत पंचमी के दिन
सरस्वती मां का पूजन करता है।
खूब बढ़िया प्रसाद
और पकवान बनाये जाते हैं।
बसंत आने पर ऐसा कहा जाता है कि
"आया वसंत पाला उडंत"
किन्तु इस बार ऐसा नहीं हुआ था।
विदा लेता हुआ जाड़ा भी
जाते- जाते ठण्ड के
एक दो झटके दे जाता है।
और मौसम के यह झटके
एक दम पड़ने वाली ठण्ड के कारण

जीव जगत का धूप के प्रति
आकर्षण बनाए रखते हैं।
जाती हुई सर्दी के मौसम में
सुबह उठना उतना कठिन नहीं होता
इसलिए हम देख रहे थे कि
वुड्डों का आना आजकल लगभग
नियमित हो गया था।
धुंध में कमी आने के कारण
सूरज का गोला
दिखाई देने लगा था।
आज रविवार होने के कारण अभी तक
ऊपर कि और कोई नहीं आया था।
हमें तो बस बूढ़ों कि प्रतीक्षा थी।
पर आज जब वेह 'भी नहीं आये तो
हम थोड़े असहज से होकर
उनकी प्रतीक्षा करने लगे।
लगभग 11 बजे के लगभग
नीचे टंकी के पास
बैंड बाजा वजनें कि आवाज आई।
बैंड वाले रफ़ी साहब का एक पुराना गाना,
"यह जिन्दगी के मेले
दुनियां में कम न होंगे
अफ़सोस हम न होंगे" बजा रहे थे।

जैसे ही हमने नीचे कि और देखा
वहां से कोई अर्थी निकल रही थी।

अर्थी को फूलों, फलों व पन्नियों से
खूव सजाया गया था।
लग रहा था कोई बूढ़ा मरा था।
तभी हमने देखा कि
हमारे ऊपर आ कर बैठने वाले बूढ़ों में से
बहुत से बूढ़े
अर्थी के साथ-साथ चल रहे थे।
हम समझ गये कि
आज सुहावने मौसम में भी वह क्यों
हमारे ऊपर बैठने नहीं आये।
वास्तव में उन्हीं कि टोली में से
कोई एक चला गया था।
मृत्यु आवश्यंभावी है।
संसार में यह सर्वाधिक शक्तिशाली है
क्योंकि यह बड़े से बड़े योद्धाओं को भी
लील जाती है और
बूढ़े तो इसके बहुत निकट होते हैं।
फिर बूढ़े तो हम भी है
किन्तु लगता है हमारा कोई अंत ही नहीं
सीमित आयु वाले इस कलयुग में भी

हम हज़ारों साल कि आयु भोग चुके हैं
और आगे न जाने
कितनी और भोगनी होगी।
आज किसी को इस संसार में आने देने
अथवा न आने देने का निर्णय तो
मनुष्य ने अपने हाथ में ले लिया है
जिसके परिणाम स्वरूप सामाजिक व्यवस्था
छिन्न भिन्न होने के कगार पर है।
किंतु जहाँ तक मृत्यु का प्रश्न है वह तो अटल है
और किसी का हस्तक्षेप पसंद नहीं करती।
उसे आना है तो बस आना है।
उसका समय और घड़ी पल निर्धारित हैं
उसे रोकने का साहस भी किसी में नहीं है।

फिर एक दिन
दोपहर 4 बजे के बाद बूढ़ों का दल
अपने थैले व अन्य सामन उठाए
हमारे ऊपर आ गया।
आज वह कोई हंसी-ठट्ठा नहीं कर रहे थे।
एक समतल सा स्थान देख कर
एक ने अपने थैले से चद्दर निकाली
और वहां बिछा दी
सभी एक और मुंह करके बैठ गये

उनमें से एक ने अपने थैले से
कोई धार्मिक ग्रन्थ निकला
और उसे चौकी पर रख कर पढ़नें लगे।
जैसे ही उन्होंने एक-दो पन्ने पढ़े,
हम समझ गये कि
वह ग्रन्थ हिन्दुओं की पवित्र पुस्तक
श्रीमद भगवद् गीता थी।
हमारे साथ लगते मंदिर में
हर वर्ष भागवत सप्ताह मनाये जाते हैं
जिससे हमें इस ग्रन्थ के विषय में
जानकारी मिलती रहती है।
जब कुरुक्षेत्र की युद्ध भूमि में
कौरवों और पांडवों में युद्ध होना
निश्चित हो जाता है तो श्री कृष्ण
दोनों पक्षों को सहायतार्थ अपनी सेना
अथवा स्वयं में से किसी एक का
चयन करने हेतु कहते हैं।
इस पर अर्जुन अपने असीम श्रद्धेय
श्री कृष्ण का चयन कर लेते हैं जबकि
कौरव उनकी विशाल सेना पाकर
प्रसन्नता से फूले नहीं समाते।
अपने परम प्रिय अर्जुन के सारथि बने कृष्ण अर्जुन
को युद्ध भूमि में ले जाते हैं

जब अर्जुन युद्ध भूमि में युद्ध हेतु
अपने सम्मुख खड़े अपने भाई-बांधवों व पिता तुल्य
गुरुजनों को देखता है
तो अपने स्वजन समुदाय के मोह वश
वह युद्ध हेतु तत्पर नहीं होता।
करुणा से आक्रान्त हुए अर्जुन को
युद्ध से वितृष्णा हो जाती है।
वह कहता है कि इनका वध करके
मुझे कोई श्रेय मिलता नहीं दीखता।
मुझे ऐसी विजय प्राप्त करने कि
इच्छा ही नहीं है।
इसलिए वह अपना धनुषबाण उतार कर
रख देता है और बैठ जाता है।
तब श्री कृष्ण अर्जुन को
गीता रुपी ज्ञान से साक्षात्कार कराते हैं
और उसे अपना विराट रूप दिखा कर
उसके भ्रमों को दूर करते हैं।
वह उसे बताते हैं कि शरीर आत्मा का
एक वस्त्र मात्र है।
आत्मा अजर और अमर है तथा
शरीर के मृत हो जाने पर
यह किसी दूसरे शरीर में
प्रवेश कर जाती है।

श्री कृष्ण अर्जुन को आत्मा के
अमरत्व के विषय में
एक शलोक द्वारा समझाते हैं।
“नैनं छिन्दन्ति शस्त्राणि
नैनं दहति पावकः। न चैनं क्लेदयन्त्यापो
न शोषयति मारुतः।।”
यथाः "इस आत्मा को शस्त्र काट नहीं सकता, अग्नि
जला नहीं सकती, जल
गीला नहीं कर सकता और वायु सुखा
नहीं सकती।"

भगवान श्री कृष्ण द्वारा दिए गये
गीता रुपी गोपनीय ज्ञान से
अर्जुन का अज्ञान और मोह नष्ट हो गया।
तब उसने कहा
“नष्टो मोहः स्मृतिर्लब्धा [त्वठ्पसादान्मयाच्युत।
स्थितोअस्मी गतसन्देहः स्थितोऽस्मि
करिष्ये वचनं तव।।”
यथाः “हे कृष्ण। हे अच्युत आपकी कृपा से मेरा
मोह नष्ट हो गया और स्मृति फिर
प्राप्त हो गई है। इसलिए अब मैं
संशय से मुक्त होकर दृढ़ता से स्थित हूँ;
अब आपकी आज्ञा का पालन करूंगा।"

तत्पश्चात अर्जुन युद्ध करने को
प्रवृत्त हो जाता है।
युगों से चले आ रहे इस शाश्वत ग्रन्थ ने
विश्व भर को प्रभावित किया है तथा
इसका कई विदेशी भाषाओं में
अनुवाद हो चुका है।
बहृत हिन्दू समुदाय मोक्ष प्राप्ति हेतु
गीता का पाठ करता है।
परन्तु यदि हम अपनीं बात करें तो
हम तो यह भी नहीं कर सकते
क्योंकि हमें हमारा
अंत ही नजर नहीं आता तो
हमें मोक्ष कहां से प्राप्त होगा।
न जाने हम कितनी और सदियों तक
ऐसे ही त्रिशंकु कि तरह
लटकते रहेंगे।

सांयकाल अचानक बादल छा गये।
जैसे ही रात हुई बारिश शुरू हो गई
और रात भर टिप टिप कर
बारिश पड़ती रही।
सुबह-सुबह जब
हलका सा प्रकाश फैला तो

दूर-दूर तक घनी धुंध दिखाई दे रही थी।
सामान्यतया फरवरी के अंत के साथ
शीतकाल का अंत भी
शुरू हो जाता है
किन्तु इस बार ऐसा नहीं लग रहा था।
जैसे मौसम जाने लगता है तो
मौसमी फल खाने का लालच बढ़ जाता है
सच पूछो तो वैसे ही जब
शीत ऋतु जाने को होती है तो उससे
मोह बढ़ जाता है।
मन चाहता है जाड़ा कुछ दिन और रुके
क्योंकि मार्च निकलने के साथ-साथ
तापमान बढ़ना शुरू हो जाता है
और फिर आगे लगातार
आठ-नौ महीने पड़ने वाली गर्मी के बारे में
सोच कर ही कलेजा
मुंह को आने लगता है।

रात भर अच्छी बारिश होने से
पेड़ों पर आ रही नई कोंपलें
धुल कर निखर गईं थीं।
दस-ग्यारह बजे
जब सूर्य प्रखरता पकड़ने लगा तो

धीरे-धीरे धुंध छटनी शुरू हो गई तो
आसमान साफ़ हो गया
और दिन भी सुहाना हो गया।
वर्षा से धुल कर न केवल उजले हुए पेड़
व झाड़-झंखाड़ अच्छे लग रहे थे
बल्कि हमारे इर्द-गिर्द का क्षेत्र भी
धुल कर साफ़ हो गया था।
चारों ओर हरियाली बढ़ गयी थी।
हमारे उपर और आस-पास पीले, गुलाबी
और बनफ्शा रंगी छोटे-छोटे
जंगली फूल खिल उठे थे।
मार्च महीने के साथ ही
वसंत ऋतु का आगमन हो चुका था।
पश्चिमी हवाओं से पत्ते झड़ने के बाद
नई कोंपलें आ चुकी थीं।
अमलतास, सेमल, कचनार, पंचपर्ण,
नीम व शीशम के पेड़ों पर
नये पत्ते आने शुरू हो चुके थे।
अन्य पेड़ों सहित
अमराइयाँ भी बौरा गईं थीं।
जाड़े के कारण महीनों तक
शीतनिद्रा में पड़े जीव-जंतु फिर से
अपनी-अपनी खोहों से बाहर आ गये थे।
शीत के मारे पेड़ों के झुरमुटों में

दुबके रहने वाले पक्षी फिर से खुलकर
चहचहाने लगे थे।
उन्होंने फिर से प्रणय गान गाने
आरम्भ कर दिए थे।
चारों ओर हुक्म बजाते व मान-मनुहार करते नर
और नखरे दिखाती मादाओं के जलवे
फिर से बिखरने लगे थे।
अल्पावधि वाली यह ऋतु
जीव जगत में राग जगा देती है।
फूल चुके पेड़ों व अमराइयों में अब
हज़ारों मीलों से उड़ कर
कोयल आ पहुंचेगी व मोर नाचने लगेंगे।
प्रकृति ने सब कुछ नियमानुसार
समय की निर्धारित सीमा में
तय करके रखा होता है और वह
उसी के अनुसार चलती है।
उसके निर्धारित कार्यक्रमों में यदि
कोई फेर बदल होता है तो
उसका मुख्य कारण मनुष्य द्वारा
प्रकृति से खिलवाड़ होता है।
मनुष्य ने अपने सुख व सुविधाओं के लिए
हर कदम पर प्रकृति से छेड़-छाड़ की है
किन्तु प्रकृति अपने समक्ष

मनुष्य की तुच्छता को देखते हुए
इस छेड़-छाड़ की और
अधिक ध्यान नहीं देती वरना
सब कुछ तहस-नहस करने में उसे
अधिक समय नहीं लगता।
बस केवल उसकी भृकुटी तनने की
देर होती है फिर वह भूकंप, सुनामी और
समुद्री तूफान और न जाने क्या-क्या
कर गुजरती है।
ओहो... हम भी न जाने
कहां से कहां पहुँच जाते हैं।
वास्तव में बात वसंती मौसम की
हो रही थी और हाँ
आपको याद होगा की हमने अपना
आत्मचरित भी इसी मौसम से
आरम्भ किया था और ग्रीष्म, वर्षा,
शिशिर, हेमंत व पतझड़ का
विवरण सुनाते हुए हम
फिर से वसंत पर आ गये हैं।
"देखा जाए तो प्रकृति बहुत सटीक है
कोई कितना हस्तक्षेप करले
परन्तु प्रकृति अपने निर्धारित कार्यक्रम से
विचलित होने वाली नहीं है।

यह ऋतुएं हजारों वर्षों से ऐसे ही
चली आ रही हैं और
आगे आने वाले हज़ारों वर्षों तक
ऐसे ही चलती रहेंगी।
हां बदलाव प्रकृति की प्रकृति है।
उसे एक रसता से उकताहट होने लगती है
यह ऋतुएं यों ही बदलती रहेंगी
अत: हमारे आस-पास बसी कालोनियां व
बस्तियां और उन्नत होती रहेंगी
इनमें बसने वाले लोग भी बदलते रहेंगे
यह नस्लें भी बदल जायेंगी।
बाबाओं का स्थान
पोते ले लेंगे और फिर उनका स्थान
उनके पोते लेते रहेंगे
और इसी प्रकार
हमारे ऊपर भी नये लोग आते रहेंगे,
व नये-नये किस्से कहते रहेंगे,
नई-नई समस्याएं उठती रहेंगी और
हमारे ऊपर आकर
नये-नये समाधान खोजे जाते रहेंगे।
समय स्वयं तो चलायमान होता है
किन्तु दूसरों को
व्यवस्थित व स्थापित कर जाता है।

समय कभी खराब नहीं होता बल्कि
मनुष्य की भूलें उसे खराब कर देती हैं।
समय के बदलाव के साथ
जन जीवन भी बदल जाता है,
जीवन स्तर ऊँचे उठते चले जाते हैं।
कहा भी गया है कि समय कभी
एक सा नहीं रहता।
यह कई रंग बदलता है और
अपने साथ-साथ
लोगों के भी रंग बदल देता है।
लोगों के रंग बदलते हैं तो
समाज का रंग बदल जाता है
समाज देश का रंग बदल के रख देता है
और देश विश्व का रंग बदलने में
सक्षम हो जाता है।

हमारे देखते-देखते लोग आज
कहां से चलकर कहां तक आ पहुंचे हैं
और यहाँ से चलकर आगे
न जाने कहाँ पहुंचेंगे।
कितु फिर भी यदि कोई नहीं बदला है
तो वह हम हैं और वह इसलिए
की हम चलायमान नहीं हैं।

हम कुछ-कुछ उम्र के अंतिम पड़ाव वाले
उस बूढ़े व्यक्ति से मिलते-जुलते हैं
जिसे उसके घर वाले
सुबह घर के बाहर कुर्सी रख कर
उस पर बिठा देते हैं और वह
बुत बना सारा दिन बैठा-बैठा
अपने सामने से आने-जाने वालों को और
अपने सामने घटने वाली घटनाओं को
अपलक निहारता रहता है
किन्तु हमारी तरह न बोल सकता है,
न सुन सकता है।
बस अस्पष्ट सा देख सकता है।

हम अपने अतीत में झांकते हैं तो
स्वयं को ऐसा ही पाते हैं अतः
वर्तमान में भी हम अपने अतीत जैसे हैं
और जो अतीत को देख कर नहीं बदला
उसे भला भविष्य क्या बदलेगा?
हम जो थे वही हैं
और भविष्य में भी वही रहेंगे
हम अपने इसी रूप में
समाजों का बदलाव देखते आये हैं
और आगे भी देखते रहेंगे।

तथापि जितना संतुष्ट जीवन
हम जी रहे हैं और कोई
जी ही नहीं सकता।
यह बात सभी जानते हैं
और इसका कारण स्पष्ट है कि
हमारी कोई इच्छा - अनिच्छा,
कोई आकांक्षा, कोई प्रतिस्पर्धा,
कोई ईर्ष्या, कोई द्वेष,
कोई होड़, कोई दौड़,
कोई दावा कोई मांग है ही नहीं क्योंकि
हम ठहरे पाषाण
जो न बोल सकते हैं,
न सुन सकते हैं,
न ही देख सकते हैं।
हम जो थे, जो हैं और जो होंगे
हम भली प्रकार से जानते हैं।
इसीलिए हम सदा संतुष्ट रहते हैं।
लोग अपनी खुशियों, ग़मों, उल्हासों,,
अवसादों, त्रासदियों, तनावों व
सांत्वनाओं के विभिन्न रंगों की झलक
दिखाने यहाँ चले आते हैं और
हमारी बस एक ही कमजोरी है कि हम
मनुष्यों व प्रकृति के रंग बिरंगे जीवन में

झांक कर, उसे महसूस कर
उसपर अपना दर्शन झाड़े बिना
नहीं रह सकते।

हमने मनुष्यों के जितने रंगों का
बखान किया है उससे कहीं अच्छे रंग
शायद आने वाले समय में हमें
देखने को मिलें।
बस हमें व्यस्त रखने के लिए
इतना ही काफी होगा।
जहाँ तक आप लोगों से
रुखसत लेने का प्रश्न है, वह तो हम
ले ही नहीं सकते।
बस, वह सब जो हमें सुनकर जा रहे है
उन्हें अलविदा और
नये आने वालों को हमारा अभिवादन।

–सुभाष चन्द्र जेतली

www.ingramcontent.com/pod-product-compliance
Lightning Source LLC
LaVergne TN
LVHW041019150826
845672LV00001B/145

* 9 7 9 8 8 9 6 7 3 4 9 2 5 *